名家散文
必讀系列

U0064062

梁實秋

梁實秋 著

李斌 導讀

中華教育

目錄

梁實秋小傳

梁實秋（1903—1987），原名梁治華，筆名秋郎、子佳、程淑等。原籍浙江杭縣，著名的文學家、翻譯家。

梁實秋幼年生活在北京，接受舊式教育，曾在陶氏學堂就讀。1912 年夏天，他就讀於京師公立第三小學，開始接受新式教育。1915 年，他考入清華學校（即現在的清華大學）。「五四」運動期間，梁實秋喜愛《新青年》等刊物，受到了新文學思潮的影響。

1921 年 3 月，梁實秋在清華學校與同學顧一樵等組織「小說研究會」，後擴大為「清華文學社」，陸續增加了聞一多、朱湘、孫大雨等人，後來這些人都成為著名作家。在清華期間，梁實秋還參與了《清華週刊》的編輯工作，並主編《文藝增刊》，開始在文藝批評方面表現出過人的才華。1922 年，梁實秋與聞一多合著了《冬夜草兒評論》，批評著名新詩詩人俞平伯和康白情的作品。同時，梁實秋還在郭沫若等人主辦的《創造季刊》、《創造週報》等刊物上發表詩作。

1923 年，梁實秋從清華學校畢業後留學美國。他先在科羅拉多大學英文系四年級學習，與大學時代的好友聞一多仍為同學。1924 年夏天，他被推薦到哈佛大學研究院攻讀

碩士學位。在哈佛期間，他接受了美國文學評論家、人文主義的領軍人物白璧德教授的新人文主義思想，開始由浪漫主義轉向古典主義。1925年從哈佛大學畢業後，轉入哥倫比亞大學英語研究所進修。在美國留學期間，為了「謀求中華政治的自由發展」，梁實秋曾參與籌組提倡國家主義的清華同學團體「大江會」，形成了自由主義的政治思想。

1926年7月，梁實秋回到祖國。同年8月，梁實秋應聘到南京東南大學任教，講授英國文學史。1927年，梁實秋來到上海，在光華大學、暨南大學、復旦大學、中國公學等校任教。1927年5月，梁實秋開始擔任《時事新報·青光副刊》主編，發表小品文百餘篇，後來結集為《罵人的藝術》。此外，他還出版了論文集《浪漫的與古典的》，宣揚白璧德的新人文主義和古典主義文藝觀念。1928年，梁實秋與徐志摩等人在上海創辦《新月》雜誌。梁實秋在政治上主張法治，在文學上提倡表現「人性」的「純文學」，曾跟主張文學要表現「階級性」的左翼作家發生激烈論戰。

1930年秋，梁實秋應國立青島大學校長楊振聲之邀，與聞一多、沈從文等人到青島大學任教，並擔任外文系主任兼圖書館館長。1930年12月起，受中華教育文化基金會譯委會主任胡適的委託，梁實秋開始翻譯《莎士比亞全集》。1932年，梁實秋開始編輯天津《益世報·文學週報》，繼續從事文學批評，並出版論文集《偏見集》。

1934年夏天，梁實秋應邀擔任北京大學教授、外文系主任。1935年秋創辦了《自由評論》，並先後主編《世界日報·學文副刊》和《北平晨報·文藝副刊》。

「七七」事變後，梁實秋離家南下。1938 年，梁實秋在重慶被選為國民參政會參政員，並主編國文、歷史、地理、公民四種教科書。1938 年 12 月，梁實秋主編《中央日報‧平明副刊》，在《編者的話》中說：「於抗戰有關的材料，我們最為歡迎，但是與抗戰無關的材料，只要真實流暢，也是好的，不必勉強把抗戰截搭上去。」這一說法被當作鼓吹「與抗戰無關」論而受到尖銳批評。其實，《平明副刊》刊發的絕大部分作品都與抗戰有關。1940 年起，梁實秋以重慶北碚寓所「雅舍」為名，以「子佳」的筆名在朋友劉英士主編的《星期評論》上撰寫專欄小品。「雅舍」系列小品還在 1944 年昆明《中央日報‧星期增刊》和 1947 年上海《世紀評論》上發表。

1946 年秋，梁實秋回到北平，擔任北京師範大學英文系教授、系主任。梁實秋脫離政治，專心於文學創作和教書工作。1948 年秋天，他南下廣州，擔任中山大學教授、系主任。

1949 年 6 月，梁實秋赴台灣擔任「國立編譯館」人文組主任，後代任館長，不久後辭職。1950 年夏天，擔任台灣師範學院專任教授、英語系主任。後來台灣師範學院升格為師範大學，他又先後擔任文學院院長和英語研究所主任。這一時期，他除了教學、翻譯以外，主要從事英文教科書和詞典的編選工作。1966 年，梁實秋退休，繼續翻譯莎士比亞作品。1968 年，台灣遠東圖書出版公司出版了他翻譯的《莎士比亞全集》。

在台灣期間，梁實秋共出版了《雅舍小品》、《實秋自

選集》、《略談中西文化》、《雅舍小品續集》、《看雲集》、《槐園夢憶》、《雅舍雜文》、《雅舍談吃》等著作。《雅舍小品》1949 年在台灣出版後廣受歡迎，遠銷北美和東南亞各地，目前已發行 300 多個版本，創中國現代散文發行量的最高紀錄。著名美學家朱光潛在給梁實秋的信中説：「大作《雅舍小品》對於文學的貢獻在翻譯莎士比亞的工作之上。」

1987 年 10 月 3 日，梁實秋因病去世，享年 84 歲。

梁實秋在中國現代文學史和文學批評史上是一個奇特的人物。他集詩人、翻譯家和文學理論家多種身份於一身，在散文創作上也取得巨大成就。他的散文內容豐富、充滿機趣、短小精悍、字字珠璣，可讀性極強，受到越來越多讀者的喜愛。

雅 舍

導讀

本文最初發表於 1940 年 11 月 15 日《星期評論》第 1 期，署名子佳，為系列散文《雅舍小品》的第一篇。編者劉英士在《最後的補白》中說：「《雅舍小品》的作者，據說是一位缺乏幽默的道學博士，文藝寫作非其所長。現在林語堂先生既任紅十字會要職，親到美國去寫近衛之流募捐頭痛粉了，自無暇為本刊撰述，而魯迅亦基木拱矣！不得已而強子佳先生勉為其難，蓋亦蜀中無大將廖化作先鋒之遺意也。讀者諒之！子佳姓衛名道，現寓雅舍療養心疾，日有精進，知注特聞。」編者的話說得很風趣，道出了這篇作品是梁實秋從事小品創作的開始。

「雅舍」是梁實秋住過的屋子，女兒梁文苔回憶說：「抗戰期間家父去重慶擔任參政員，並在北碚國立編譯館擔任教科用書編輯委員會主任。當時他和清華大學同學吳景超先生及夫人龔業雅女士合資購得北碚主灣 10 號平房一處，作為居室，命名雅舍，後作為梁實秋小品文集之代稱。」「雅舍很小，只是幾間普通的四川平房，但其風景幽雅，北臨北溫泉，東去嘉陵江，南望一片青山綠水，好可愛的祖國大地、錦繡河山。」

本文幽默雅致，反映了作者豁達風趣、苦中作樂的文人情趣。梁實秋古文功底深厚，本文也深受中國古典文學的影響。整

篇文章的立意跟劉禹錫的《陋室銘》頗相似。許多具體的表達方式，也都淵源有自。第三段中的「鼾聲，噴嚏聲，吮湯聲，撕紙聲，脫皮鞋聲，均隨時由門窗戶壁的隙處蕩漾而來，破我岑寂」，其寫法來自清代林嗣環的《口技》：「婦手拍兒聲，口中嗚聲，兒含乳啼聲，大兒初醒聲，夫叱大兒聲，一時齊發，眾妙畢備。」第四段中的「等到月升中天，清光從樹間篩灑而下，地上陰影斑爛，此時尤為幽絕」，比照歸有光《項脊軒志》中的「三五之夜，明月半牆，桂影斑駁，風移影動，珊珊可愛」，其意境非常一致，讀來搖曳生姿，不忍掩卷。

到四川來，覺得此地人建造房屋最是經濟。火燒過的磚，常常用來做柱子，孤零零地砌起四根磚柱，上面蓋上一個木頭架子，看上去瘦骨嶙峋，單薄得可憐；但是頂上鋪了瓦，四面編了竹篦牆，牆上敷了泥灰，遠遠地看過去，沒有人能說不像是座房子。我現在住的「雅舍」正是這樣一座典型的房子。不消說，這房子有磚柱，有竹篦牆，一切特點都應有盡有。講到住房，我的經驗不算少，甚麼「上支下摘」，「前廊後廈」，「一樓一底」，「三上三下」，「亭子間」，「茅草棚」，「瓊樓玉宇」和「摩天大廈」，各式各樣，我都嘗試過。我不論住在哪裏，只要住得稍久，對那房子便發生感情，非不得已我還捨不得搬。這「雅舍」，我初來時僅求其能蔽風雨，並不敢存奢望，現在住了兩個多月，我的好感油然而生。雖然我已漸漸感覺它並不能蔽風雨，因為有窗而無玻璃，風來則洞若涼亭；有瓦而空隙不少，雨來則滲如滴漏。縱然不能蔽風雨，「雅舍」還是自有它的個性。有個性就可愛。

「雅舍」的位置在半山腰，下距馬路約有七八十層的土階。前面是阡陌螺旋的稻田。再遠望過去是幾抹蔥翠的遠山，旁邊有高粱地，有竹林，有水池，有糞坑，後面是荒僻的、榛莽未除的土山坡。若說地點荒涼，則月明之夕，或風雨之日，亦常有客到，大抵好友不嫌路遠，路遠乃見情誼。客來則先爬幾十級的土階，進得屋來仍須上坡，因為屋內地板乃依山勢而鋪，一面高，一面低，坡度甚大。客來無不驚歎，我則久而安之，每日由書房走到飯廳是上坡，飯後鼓腹而出是下坡，亦不覺有大不便處。

「雅舍」共是六間，我居其二。篾牆不固，門窗不嚴，故我與鄰人彼此均可互通聲息。鄰人轟飲作樂，咿唔詩章，喁喁^①細語，以及鼾聲，噴嚏聲，吮湯聲，撕紙聲，脫皮鞋聲，均隨時由門窗戶壁的隙處蕩漾而來，破我岑寂。入夜則鼠子瞰燈，才一合眼，鼠子便自由行動，或搬核桃在地板上順坡而下，或吸燈油而推翻燭台，或攀援而上帳頂，或在門框桌腳上磨牙，使得人不得安枕。但是對於鼠子，我很慚愧地承認，我「沒有法子」。「沒有法子」一語是被外國人常常引用着的，以為這話最足代表中國人的懶惰隱忍的態度。其實我的對付鼠子並不懶惰。窗上糊紙，紙一戳就破；門戶關緊，而相鼠^②有牙，一陣咬便是一個洞洞。試問還有甚麼法子？洋鬼子住到「雅舍」裏，不也是「沒有法子」？比鼠子更騷擾的是蚊子。「雅舍」的蚊風之盛，是我前所未見的。「聚蚊成雷」真有其事！每當黃昏時候，滿屋裏磕頭碰腦的全是蚊子，又黑又大，骨骼都像是硬的。在別處蚊子早已肅清的時候，在「雅舍」則格外猖獗，來客偶不留心，則兩腿傷處纍纍隆起如玉蜀黍^③，但是我仍安之。冬天一到，蚊子自然絕跡，明年夏天 —— 誰知道我還是否住在「雅舍」！

「雅舍」最宜月夜 —— 地勢較高，得月較先。看山頭吐月，紅盤乍湧，一霎間，清光四射，天空皎潔，四野無聲，微聞犬吠，坐客無不悄然！舍前有兩株梨樹，等到月升中

① 喁喁（yú yú），形容小聲說話的聲音。
② 相鼠，出自《詩經·鄘風·相鼠》，即老鼠。
③ 玉蜀黍，玉米的俗稱。

天，清光從樹間篩灑而下，地上陰影斑斕，此時尤為幽絕。直到興闌人散，歸房就寢，月光仍然逼進窗來，助我淒涼。細雨濛濛之際，「雅舍」亦復有趣。推窗展望，儼然米氏章法[④]，若雲若霧，一片瀰漫。但若大雨滂沱，我就又惶悚不安了，屋頂濕印到處都有，起初如碗大，俄而擴大如盆，繼則滴水乃不絕，終乃屋頂灰泥突然崩裂，如奇葩初綻，砉然[⑤]一聲而泥水下注，此刻滿室狼藉，搶救無及。此種經驗，已數見不鮮。

「雅舍」之陳設，只當得簡樸二字，但灑掃拂拭，不使有纖塵。我非顯要，故名公巨卿之照片不得入我室；我非牙醫，故無博士文憑張掛壁間；我不業[⑥]理髮，故絲織西湖十景以及電影明星之照片亦均不能張我四壁。我有一几一椅一榻，酣睡寫讀，均已有着，我亦不復他求。但是陳設雖簡，我卻喜歡翻新佈置。西人常常譏笑婦人喜歡變更桌椅位置，以為這是婦人天性喜變之一徵。誣否且不論，我是喜歡改變的。中國舊式家庭，陳設千篇一律，正廳上是一條案，前面一張八仙桌，一邊一把靠椅，兩旁是兩把靠椅夾一隻茶几。我以為陳設宜求疏落參差之致，最忌排偶[⑦]。「雅舍」所有，

---

④　米氏章法，米芾寫字的章法。米芾（1051—1107），北宋書法家、畫家、書畫理論家。

⑤　砉（huā）然，形容迅速動作的聲音。

⑥　業，從事。

⑦　排偶，原指文章詞語文句字數相同、結構相似、形式整齊的一種修辭方式，這裏指家具擺放成雙成對，過於呆板。

毫無新奇，但一物一事之安排佈置俱不從俗。人入我室，即知此是我室。笠翁《閒情偶寄》⑧之所論，正合我意。

「雅舍」非我所有，我僅是房客之一。但思「天地者萬物之逆旅」⑨，人生本來如寄，我住「雅舍」一日，「雅舍」即一日為我所有。即使此一日亦不能算是我有，至少此一日「雅舍」所能給予之苦辣酸甜，我實躬受親嘗。劉克莊詞「客裏似家家似寄」⑩，我此時此刻卜居⑪「雅舍」，「雅舍」即似我家。其實似家似寄，我亦分辨不清。

長日無俚⑫，寫作自遣，隨想隨寫，不拘篇章，冠以「雅舍小品」四字，以示寫作所在，且志因緣。

⑧　笠翁，即李漁（1611—1680），清初文學家、戲曲家。《閒情偶寄》是李漁所作的戲曲理論專著，是我國最早的系統的戲曲論著。

⑨　此句話的意思是天地是萬事萬物所寄身的地方。

⑩　劉克莊（1187—1269），南宋詩詞家。此句話的意思是，旅居異鄉跟在家鄉沒有區別。寄，依附別人，依附別的地方。

⑪　卜（bǔ）居，選擇地方居住。

⑫　俚，俚俗，此處指可消遣的事物。

謙 讓

◖ 導讀

　　本文原載 1941 年 10 月 30 日重慶《星期評論》第 36 期，為《雅舍小品》系列之八。

　　梁實秋的《雅舍小品》，用他自己的話說，是「長日無俚，寫作自遣，隨想隨寫，不拘篇章」。他有意迴避時代主潮，以日常瑣事為題，細處落筆，娓娓道來，讀來極具親切感。本文從宴會上的讓座之風寫起，來賓們在落座之前，每每謙讓着不坐首座。作者敏銳狡黠地指出，大家之所以相互謙讓，是因為最終都會有一個座位，不涉及真正的利益之爭。接着作者聚焦於長途公共汽車站，在那裏人們殺進殺出，毫無謙讓和秩序。人們之所以這樣，是因為「謙讓」就真的沒有座位可坐。經過兩個場景的對比，作者指出：大多數人常常以自己的利益為準繩來確定是否謙讓，這種「謙讓」並非「美德」。作者將人們習以為常的「謙讓」溫柔而又不留情地戳破，實際上是期待社會能有真正的謙讓美德。

　　作者旁徵博引，既寫到人們耳熟能詳的孔融讓梨，也引出《聊齋》故事，同時還想到西方主教就職的場景，是為了說明：無論古今中外，人性是一樣的。這樣隨意自然而又通曉流暢地寫來，作者的豐厚學識與雅致性情也讓人折服。

謙讓彷彿是一種美德，若想在眼前的實際生活裏尋一個具體的例證，卻不容易。類似謙讓的事情近來似很難得發生一次。就我個人的經驗說，有一般宴會裏，客人入席之際，我們最容易看見類似謙讓的事情。

一羣客人擠在客廳裏，誰也不肯先坐，誰也不肯坐首座，好像「常常登上座，漸漸入祠堂」的道理是人人所不能忘的，於是你推我讓，人聲鼎沸。輩分小的，官職低的，垂着手遠遠地立在屋角，聽候調遣。自以為有佔首座或次座資格的人，無不攘臂而前，拉拉扯扯，不肯放過他們表現謙讓的美德的機會。有的說：「我們敍齒^①，你年長！」有的說：「我常來，你是稀客！」有的說：「今天非你上座不可！」事實固然是為讓座，但是當時的聲浪和唾沫星子卻都表示像在爭座。主人靦^②着一張笑臉，偶然插一兩句嘴，作鴛鴦笑^③。這場紛擾，要直到大家興致均已低落，該說的話差不多都已說完，然後急轉直下，突然平息，本就該坐上座的人便去就了上座，並無苦惱之相，而往往是顯着躊躇滿志、顧盼自雄的樣子。

我每次遇到這樣謙讓的場合，便首先想起《聊齋》上的一個故事：一夥人在熱烈地讓座，有一位扯着另一位的袖子硬往上拉，被拉的人硬往後躲，雙方勢均力敵，突然間拉着袖子的手一鬆，被拉的那隻胳臂猛然向後一縮，胳臂肘尖正

---

① 敍齒，按年齡長幼排序。齒，年齡。

② 靦（tiǎn），厚着臉皮。

③ 鴛鴦笑，聳肩膀而無聲的笑。

撞在後面站着的一位駝背朋友的兩隻特別凸出的大門牙上，咔吱一聲，雙牙落地！我每憶起這個樂極生悲的故事，為明哲保身起見，在讓座時我總躲得遠遠的。等風波過後，剩下的位置是我的，首座也可以，坐上去並不頭暈；末座亦無妨，我也並不因此少吃一嘴。我不謙讓。

考[④]讓座之風之所以如此地盛行，其故有二。第一，讓來讓去，每人總有一位置，所以一面謙讓，一面穩有把握。假如主人宣佈，位置只有十二個，客人卻有十四位，那便沒有讓座之事了。第二，所讓者是個虛榮，本來無關宏旨，凡是半徑都是一般長，所以坐在任何位置（假如圓桌）都可以享受同樣的利益。假如明文規定，凡坐過首席若干次者，在銓敍[⑤]上特別有利，我想讓座的事情也就少了。我從不曾看見，在長途公共汽車車站售票的地方，如果沒有木製的長柵欄，而還能夠保留一點謙讓之風！因此我發現了一般人處世的一條道理，那便是：可以無需讓的時候，則無妨謙讓一番，於人無利，於己無損；在該讓的時候，則不謙讓，以免損己；在應該不讓的時候，則必定謙讓，於己有利，於人無損。

小時候讀到孔融讓梨的故事，覺得實在難能可貴，自愧弗如。一隻梨的大小，雖然是微屑不足道，但對於一個四五歲的孩子，其重要或者並不下於一個公務員之心裏盤算簡、

---

④　考，考據、研究。

⑤　銓敍，舊時政府審查官員的資歷，以確定級別、職位。

萬、委。有人猜想，孔融那幾天也許肚皮不好，怕吃生冷，樂得謙讓一番。我不敢這樣妄加揣測。不過我們要承認，利之所在，可以使人忘形，謙讓不是一件容易的事。孔融讓梨的故事，發揚光大起來，確有教育價值，可惜並未發生多少實際的效果，今之孔融，並不多見。

謙讓作為一種儀式，並不是壞事，像天主教會選任主教時所舉行的儀式就蠻有趣。就職的主教照例地當眾謙遜三回，口說「nolo cpiscopari」，意即「我不要當主教」，然後照例地敦促三回，終於勉為其難了。我覺得這樣的儀式比宣誓就職之後，再打通電聲明固辭不獲要好得多。謙讓的儀式行久了之後，也許對於人心有潛移默化之功，使人在爭權奪利、奮不顧身之際，不知不覺地也舉行起謙讓的儀式，可惜我們人類的文明史尚短，潛移默化尚未能奏大效。露出原始人的猙獰面目的時候，要比雍雍穆穆[6]地舉行謙讓儀式的時候多些。我每次從公共汽車售票處殺進殺出，心裏就想：先王以禮治天下，實在有理。

---

⑥ 雍雍穆穆，和諧融洽、舉止端莊的樣子。

音樂

◖ **導讀**

　　本文最初以《關於音樂》為名，載於 1940 年 12 月 13 日重慶《星期評論》第 5 期，為《雅舍小品》系列之三。作者有着極高的藝術欣賞力，他對於真正的音樂非常喜好。而真正的音樂，在他看來，是自然的音樂，即「風聲雨聲，再加上蟲聲鳥聲」。比如：「秋風起時，樹葉颯颯的聲音，一陣陣襲來，如潮湧，如急雨，如萬馬奔騰，如衛枚疾走；風定之後，細聽還有枯乾的樹葉一聲聲地打在階上。秋雨落時，初起如蠶食桑葉，窸窸窣窣，繼而淅淅瀝瀝，打在蕉葉上清脆可聽。」作者認為這是「天籟」。「天籟」、「地籟」、「人籟」之説來自《莊子》，在莊子看來，天籟源於自然，是音樂的最高境界。一般人為的音樂，因為總透着一些不自然，甚至打擾了他人，形成「噪音污染」。

　　梁實秋在文章中詼諧機智而又不露痕跡地對人為製造的、並不美的音樂進行了諷刺，表現了作者追求、崇尚自然的文人情趣。

　　一個朋友來信說：「……我從來沒有像現在這樣煩惱過。住在我的隔壁的是一羣在 ××× 服務的女孩子，一回到家便大聲歌唱，所唱的無非是些 ×× 歌曲，但是她們的腔調證明她們從來沒有考慮過原製曲者所要產生的效果。我不能請她們閉嘴，也不能喊『通』！只得像在理髮館洗頭時無可奈何地用棉花塞起耳朵來……」

　　我同情這位朋友。但是他的煩惱不是他一個人有的。我曾想，音樂這樣東西，在所有的藝術裏，是最富於侵略性的。別種藝術，如圖畫、雕刻，都是固定的，你不高興欣賞便可以不必寓目，各不相擾；惟獨音樂，聲音一響，隨着空氣波蕩而來，照直侵入你的耳朵，而耳朵平常都是不設防的，只得毫無抵禦地任它震蕩刺激。自以為能書善畫的人，誠然也有令人不舒服的時候，據說有人拿着素扇跪在一位書畫家面前，並非敬求墨寶，而是求他高抬貴手，別糟蹋他的扇子。這究竟是例外情形。書家、畫家並不強迫人家瞻仰他的作品，而所謂音樂也者，則對於凡是在音波所及的範圍以內的人，一律強迫接受，也不管其效果是沁人肺腑，抑是令人作嘔。

　　我的朋友對於隔壁音樂表示不滿，那情形還不算嚴重，我曾經領略過一次四人合唱，使我以後對於音樂會一類的集會，輕易不敢問津。一陣彩聲把四位歌者送上演台，鋼琴聲響動，四位歌者同時張口，我登時感覺到有五種高低疾徐全然不同的調子亂擂我的耳鼓，四位歌者唱出四個調子，第五個聲音是從鋼琴裏發出來的！五縷聲音攪做一團，全不和諧。當時我就覺得心旌戰動，飄飄然如失卻重心，又覺得身

臨歧路，彷徨無主的樣子。我回顧四座，大家都面面相覷，好像都各自準備逃生，一種分崩離析的空氣瀰漫於全室。像這樣的音樂是極傷人的。

「音樂的耳朵」不是人人有的，這一點我承認，也許我就是缺乏這種耳朵。也許是我環境不好，使我的這種耳朵，沒有適當地發育。我記得在學校宿舍裏住的時候，對面樓上住着一位音樂家，還是「國樂」，每當夕陽下山，他就臨窗獻技，引吭高歌，配合着胡琴他唱「我好比，⋯⋯」在這時節我便按捺不住，頗想走到窗前去大聲地告訴他，他好比是甚麼。我頂怕聽胡琴，北平最好的名手 ×× 我也聽過多少次數，無論他技巧怎樣純熟，總覺得唧唧的聲音像是指甲在玻璃上抓。別種樂器，我都不討厭，曾聽古琴彈奏一段《梧桐雨》，琵琶亂彈一段《十面埋伏》[1]，都覺得那確是音樂，惟獨胡琴與我無緣。莎士比亞的《威尼斯商人》[2] 裏曾說起有人一聽見蘇格蘭人的風笛便要小便，那只是個人的怪癖。我對胡琴的反感亦只是一種怪癖罷？皮黃戲裏的青衣、花旦之類，在戲院廣場裏令人毛髮倒豎，若是清唱，則尤不可當，嚶然一叫，我本能地要抬起我的腳來，生怕是腳底下踩了誰的脖子！近聽漢戲，黑頭、花臉亦唧唧銳叫，令人坐立不安；秦腔尤為激昂，常令聽者隨之手忙腳亂，不能自

① 《梧桐雨》、《十面埋伏》都是中國古代名曲。

② 《威尼斯商人》，莎士比亞「四大喜劇」之一，講述了貪婪兇殘的威尼斯商人夏洛克受到懲罰的故事。

已。③我可以聽音樂，但若聲音發自人類的喉嚨，我便看不得粗了脖子紅了臉的樣子。我看着危險！我着急。

真正聽京戲的內行人懷裏揣着兩包茶葉，踱到邊廂一坐，聽到妙處，搖頭擺尾，隨聲擊節，閉着眼睛體味聲調的妙處，這心情我能了解，但是他付了多大的代價！他聽了多少不願意聽的聲音才能換取這一點音樂的陶醉！到如今，聽戲的少，看戲的多，唱戲的亦竟以肺壯氣長取勝，而不復重韻味，惟簡單節奏尚是多數人所能體會。鏗鏘的鑼鼓，油滑的管弦，都是最簡單不過的，所以缺乏藝術教養的人，如一般大腹賈④，大人先生，大學教授，大家閨秀，大名士，大豪紳，都趨之若鶩，自以為是在欣賞音樂！

在中西文化的交流中，我們的音樂（戲劇除外）也在蛻變，從「毛毛雨」⑤起以至於現在流行的×××之類，都是中國小調與西洋某一級音樂的混合，時而中菜西吃，時而西菜中吃，將來成為怎樣的定型，我不知道。我對音樂既不能做絲毫貢獻，所以也很坦然地甘心放棄欣賞音樂的權利，除非為了某種機緣必須「共襄盛舉⑥」，不得不到場備員⑦。至於像我的朋友所抱怨的那種隔壁歌聲，在我則認為是一種不可避免的自然現象，恰如我們住在屠宰場的附近便不能不聽見

---

③　此處上下文提到的「皮黃」、「漢戲」、「秦腔」都為中國傳統戲曲形式，而「青衣」、「花旦」、「黑頭」、「花臉」為戲曲中角色行當。

④　賈（gǔ），商人。

⑤　「毛毛雨」，指 1927 年由黎錦暉作曲的中國第一首流行歌曲。

⑥　共襄盛舉，齊心協力完成一項重要任務。

⑦　備員，湊足人員的數，充數。

豬叫一樣，初聽非常淒絕，久後亦就安之。夜深人靜，荒涼的路上往往有人高唱「一馬離了西涼界，……」⑧原諒他，他怕鬼，用歌聲來壯膽，其行可惡，其情可憫。但是在天微明時練習吹喇叭，則是我所不解。「打 —— 搭 —— 大 —— 滴」，一聲比一聲高，高到聲嘶力竭，吹喇叭的人顯然是很吃苦，可是把多少人的睡眠給毀了。為甚麼不在另一個時候練習呢？

在原則上，凡是人為的音樂，都應該寧缺毋濫。因為沒有人為的音樂，頂多是落個寂寞。而按其實，人是不會寂寞的。小孩的哭聲、笑聲，小販的吆喝聲，鄰人的打架聲，市裏的喧豗⑨聲，到處「吃飯了嗎？」「吃飯了麼？」的原是應酬而現在變成性命交關的回答聲 —— 實在寂寞極了。還有村裏的雞犬聲，最令人難忘的還有所謂天籟。秋風起時，樹葉颯颯的聲音，一陣陣襲來，如潮湧，如急雨，如萬馬奔騰，如銜枚⑩疾走；風定之後，細聽還有枯乾的樹葉一聲聲地打在階上。秋雨落時，初起如蠶食桑葉，窸窸窣窣，繼而淅淅瀝瀝，打在蕉葉上清脆可聽。風聲雨聲，再加上蟲聲鳥聲，都是自然的音樂，都能使我發生好感，都能驅除我的寂寞，何貴乎聽那「我好比……我好比……」之類的歌聲？然而此中情趣，不足為外人道也。

---

⑧　戲曲《武家坡》中薛平貴的唱詞。

⑨　喧豗（huī），形容轟響聲。

⑩　銜枚，古代行軍打仗時，讓兵士和戰馬嘴中都銜一根木棍，以防止意外發出聲音。

送 禮

◖ **導讀**

　　作者認為，送禮的真正含義，應是「原有的友誼的一點兒具體表現」。它讓彼此之間的關係「錦上添花」，所以即使「不帶任何具體的東西，而友誼仍然洋溢着，從言語裏，從眼角裏，都流露着情誼，那是最可珍貴的了」。但是社會上的送禮，往往不是因為友誼，而具有另外的含義：一是逢年過節，紅白喜事，人們往往要送禮。這種送禮出於習慣，卻令人煩惱。收下禮物過多，主人不好處理；他人婚喪嫁娶，第一反應不是同悲喜，而是送甚麼禮。這些繁文縟節，給生活帶來了很多不便。另一種送禮是為了請人辦事，更是讓人煩惱。

　　梁實秋還有一篇同名文章，描述他在台北親歷過的一件事。供職於政府機關的另一位梁先生與作者住得不遠，送禮的人往往把本來應該送給梁官員的禮品誤送給作者。當作者詰問時，送禮的人說：「我們行裏的事要不是梁先生在局裏替我們做主，那是不得了的。」看來這是當時盛行的辦事法則。所以作者開玩笑說：「豬餵肥了沒有不宰的。」幽默中有諷刺。本文最後一句「『吃人的嘴軟，拿人的手短』，人家有所干求，不好辦。所以送禮雖然無聊，有時也有點用處」，其實表達的就是這個意思。

俗語說：「千里送鵝毛，禮輕情意重。」這是比喻的說法，當然不錯。若是真個有人從遙遠的地方送一根鵝毛來，我想任誰也是不歡迎的。何年何月才能夠做一床鵝毛被？客從重慶來，我們大概希望他帶兩隻廣柑；從杭州來，想要二兩龍井；從新疆來，半斤哈密杏；從瀋陽來，一斤榛子；從長沙來，一塊臘肉；從蘭州來，皮絲水煙^①；從廣州來，黑葉荔枝；從廣西來，柚子；從潮州來，蜜橘；從貴州來，茅台酒……都不要多，只要那麼一點點，就好像是比空手來好得多。當然，知心好友遠道見訪，我們還是滿腔高興，並不因他赤手空拳而另眼看待。禮物並不代表友誼，那一點點禮物（而且全是吃的土物）只好解饞，並不解餓，只好算是原有的友誼的一點兒具體表現，其意義與施捨賑濟都不相同。不帶任何具體的東西，而友誼仍然洋溢着，從言語裏，從眼角裏，都流露着情誼，那是最可珍貴的了。不過像這樣的知交，如果再帶上一點點本鄉土產，豈不更是錦上添花，給孩子們吃吃，歡蹦亂跳的，豈不也是更可增加融融泄泄^②的空氣麼？

同住在一個地區，逢年逢節應時按景地送禮，就大可不必。五月節的粽子，八月節的月餅，年下的年糕，如果案上積一大堆，我就發愁。都吃下去，壞肚子；擱着，要生霉，

① 皮絲水煙，一種與常見的旱煙袋或煙捲有別的抽吸煙草方式，用水過濾後使用水煙袋和水煙筒吸食煙絲，蘭州產的皮絲曾很有名。20世紀捲煙流行後逐漸退出歷史舞台。

② 融融泄泄（róng róng yì yì），和睦歡暢的樣子。

要酸，要乾。最煩惱的，是禮尚往來。「長蟲吃扁擔 [3]」，是要開罪於人的。但是二十個粽子來，你不能送回二十個粽子去，那太滑稽。甚麼東西才可以抵住那二十個粽子，很費心思。為省事起見，東家送的可以轉到西家，西家的轉到東家，一轉移間全可以解決，但是快手的孩子們又往往先下了手。這份兒着急！

婚喪送禮，最傷腦筋。尤其是喪事，例如某某死了爸爸，固然他的爸爸只有一個，死也只有一回，是件大事，可是我和他只是泛泛之交，他的老人家是胖是瘦我都不知道，我看見訃聞 [4] 一點兒也不悲傷，送甚麼禮？《顏氏家訓》[5] 說：

凡遭重喪，若相知者同在城邑，三日不弔，則絕之。除喪，雖想遇，則避之，怨其不己憫也。

這都在情理之中，但也限於「相知者」，而且只是弔，不曾說要送禮。訃聞上固然有「鼎惠懇辭 [6]」字樣，可是照例

---

[3] 長蟲吃扁擔，歇後語，「長蟲吃扁擔 —— 直槓一條」，比喻性格直爽，有甚麼說甚麼。長蟲，蛇的俗稱。

[4] 訃（fù）聞，向親友報喪的通知，多附有死者的事略。也作訃文。

[5] 《顏氏家訓》，南北朝北齊文學家顏之推（531—約 591）寫的一部告誡子孫的著作。這段引文的意思是說，如果一家中有了喪事，同居一地的好友不來弔唁、慰問，會引起主人的不滿。

[6] 鼎惠懇辭，懇切辭謝厚重的禮物。

不可當真，禮還是要送。喜事的帖子往往更令人啼笑皆非，因為喜事往往是更可憫的事，而帖子上卻連「鼎惠懇辭」的字樣都沒有，更有送禮的必要。這種場合的送禮，其輕重要以交情的厚薄為準，該送幛子的不能送輓聯，該送四色[7]的不能搭公儀[8]。「禮多人不怪」，多送些禮物，人也是不會怪的，而且說不定有一天你還可以照樣討回。在婚喪事的主人方面常是把每人的禮物列入預算之內的，能收入多少，才能給預備甚麼樣的酒食招待。有人告訴我他的家鄉風俗，遇到婚喪事，賓客盈堂，到了開飯的時候，便有人在階上高呼：「一元的客人入席。」送一元禮的人便紛紛就座，有條不紊，秩序井然，而且貨真價實，主客兩便，均不以為忤。這辦法實在太妙了，但又有人告訴我他的家鄉風俗，比這更妙：客人概不送禮，無論是賀者、弔者一律徒手，弔賀之後便入座大嚼，酒酣飯飽之後客人便就席座談，估計酒席所值若干，由討論而決議，然後照數分攤各自送禮。這辦法真乾脆，解決了多少送禮的困難。

　　非年非節無緣無故地送禮上門，最可怕。拒而不納，未免太倔，收下之後，不久必有下文。那時節，「吃人的嘴軟，拿人的手短」，人家有所干求，不好辦。所以送禮雖然無聊，有時也有點兒用處。

名家散文必讀系列・梁實秋

---

[7]　四色，四色禮，體現地域風土人情的送禮方式，即四樣禮，表示一年四季。

[8]　公儀，官家的禮儀。

寂寞

本文中的「寂寞」，並不是人們常說的「寂寞難耐」、「孤獨寂寞」的「寂寞」，而是一種與天地一體，空靈悠逸、心無塵滓的境界。在這種境界裏，「好像屋裏的空氣是絕對的靜止，我的呼吸都沒有攪動出一點兒波瀾似的」；「可以在想像中翱翔，跳出塵世的渣滓，與古人遊」；「沉重的琴聲好像是把人的心都洗淘了一番似的，我感覺到了我自己的渺小。這渺小的感覺便是我意識到自己存在的明證」。作者的「雅舍」系列散文，應該就是在這種「寂寞」的境界中寫成的。但這種境界可遇不可求，往往只是「一瞬間的存在」，因為現實中常常有各種「殺風景」的事情。對於那些「殺風景」的事，作者不寫，但並不代表不在乎。在另一篇文章的序言中，作者曾說：「他說：『遊記式流水賬不想寫，吟風弄月不屑寫，火藥氣味的不便寫。』我們批評一個人的文字，不僅要注意他所寫的是些甚麼，更要注意他所不寫的是些甚麼。於此等處，我們窺見一個心靈的奧祕。」在與台灣文藝評論家何懷碩談話時，作者又說：「了解一個作家，要看他寫些甚麼，也要看他不寫些甚麼，他逃避甚麼。我是苟且偷安，逃避。」也許，現實中有太多不美好、太多醜陋了，所以作者才「逃避」到「寂寞」的「雅舍」中去。

寂寞是一種清福。我在小小的書齋裏，焚起一爐香，裊裊的一縷煙線筆直地上升，一直戳到頂棚，好像屋裏的空氣是絕對的靜止，我的呼吸都沒有攪動出一點兒波瀾似的。我獨自暗暗地望着那條煙線發怔。屋外庭院中的紫丁香樹還帶着不少嫣紅焦黃的葉子，枯葉亂枝時時的聲響可以很清晰地聽到，先是一小聲清脆的折斷聲，然後是撞擊着枝幹的磕碰聲，最後是落到空階上的拍打聲。這時節，我感到了寂寞。在這寂寞中，我意識到了我自己的存在 —— 片刻的、孤立的存在。這種境界並不太易得，與環境有關，但更與心境有關。寂寥不一定要到深山大澤裏去尋求，只要內心清淨，隨便在市廛 ① 裏，陋巷裏，都可以感覺到一種空靈悠逸的境界，所謂「心遠地自偏」是也。在這種境界中，我們可以在想像中翱翔，跳出塵世的渣滓，與古人遊。所以我說，寂寞是一種清福。

　　在禮拜堂裏我也有過同樣的經驗。在偉大莊嚴的教堂裏，從彩畫玻璃透進一股不很明亮的光線，沉重的琴聲好像是把人的心都洗淘了一番似的，我感覺到了我自己的渺小。這渺小的感覺便是我意識到自己存在的明證。因為平常連這一點點渺小之感都不會有的！

　　我的朋友蕭麗先生卜居在廣濟寺 ② 裏，據他告訴我，在最近一個夜晚，月光皎潔，天空如洗，他獨自踱出僧房，立

名家散文必讀系列・梁實秋

---

①　市廛（chán），平民居住的地方。廛，古代指一户平民所住的房屋和宅院，泛指城邑民居。

②　廣濟寺，北京著名寺院，始建於宋朝末年，現為中國佛教協會會址。

在大雄寶殿前的石階上，翹首四望，月色是那樣的晶明，蓊鬱的樹是那樣的靜止，寺院是那樣的肅穆，他忽然頓有所悟，悟到永恆，悟到自我的渺小，悟到四大皆空的境界。我相信一個人常有這樣經驗，他的胸襟自然豁達遼闊。

但是寂寞的清福是不容易長久享受的。它只是一瞬間的存在。世間有太多的東西不時地在提醒我們，提醒我們一件殺風景的事實：我們的兩隻腳是踏在地上的呀！一頭蒼蠅撞在玻璃窗上掙扎不出，一聲「老爺太太可憐可憐我這瞎子罷」，都可以使我們從寂寞中間一頭栽出去，栽到苦惱煩躁的漩渦裏去，至於「催租吏」一類的東西之打上門來，或是「石壕吏 ③」之類的東西半夜捉人，其足以使人敗興生氣，就更不待言了。這還是外界的感觸，如果自己的內心先六根不淨，隨時都意馬心猿 ④，則雖處在最寂寞的境地裏，他也是慌成一片，忙成一團，六神無主，暴躁如雷，他永遠不得享受寂寞的清福。

如此說來，所謂寂寞不即是一種唯心論，一種逃避現實的現象麼？也可以說是。一個高蹈隱遁 ⑤ 的人，在從前的社會裏還可以存在，而且還頗受人敬重，在現在的社會裏是絕對的不可能。現在似乎只有兩種類型的人了，一是在現實的

---

③　催租吏、石壕吏是向百姓催租子、抓壯丁的官府吏員。石壕吏，典出唐代詩人杜甫的五言古詩《石壕吏》。

④　意馬心猿，又作「心猿意馬」，心好像猴子在跳、馬在奔跑一樣控制不住。形容心裏安靜不下來。

⑤　高蹈隱遁，指隱居。

泥溷⑥中打轉的人；一是偶然也從泥溷中昂起頭來喘幾口氣的人。寂寞便是供人喘息的幾口清新空氣。喘過幾口氣之後還得耐心地低頭鑽進泥溷裏去。所以我對於能夠昂首物外的舉動並不願再多苛責。逃避現實，如果現實真能逃避，吾寤寐⑦以求之！

有過靜坐經驗的人該知道，最初努力把握着自己的心，叫它甚麼也不想，那是多麼困難的事！那是強迫自己入於寂寞的手段，所謂參禪入定全屬於此類。我所讚美的寂寞，稍異於是。我所謂的寂寞，是隨緣偶得，無須強求，一霎間的妙悟也不嫌短，失掉了也不必悵惘。但凡我有一刻寂寞時，我要好好地享受它。

⑥ 溷（hùn），廁所。
⑦ 寤寐（wù mèi），醒與睡，常用來指日夜。

為甚麼不說實話

導讀

　　在台灣，梁實秋是文學大家、一代宗師，他的《雅舍小品》一版再版，創了中國現代散文發行的最高紀錄。而魯迅，因其思想的深刻和言辭的犀利，長期以來被認為是 20 世紀中國最傑出的文學家和思想家。梁實秋和魯迅，有過「人性」和「階級性」的激烈論爭。大陸的學者愛護魯迅，以至長期以來文學史和教科書中沒有正面提到梁實秋。梁實秋在大陸開始被重視，是最近幾十年的事。但是，兩位文學觀不同的文學家在對社會的針砭上，卻有相似的一面。本文講的這個辛辣諷刺的故事，對小偷們不說實話進行了集體嘲諷，頗有魯迅的文風。

　　作者分析：「萬一其中有一個心直口快，把老實話脫口而出，這個人將要受怎樣的遭遇呢？我想這個人是不受歡迎的，並且還要受到詛咒，尤其是那些已經飲過小便而貌做飲過醇釀的人必定要罵這個人是個呆瓜！」魯迅的雜文《立論》，跟本文的立意相似。一個孩子滿月了，抱給客人看，客人中說孩子將來要發財、要做官的都得到稱許，說孩子將來要死的卻挨了大家一頓痛打。說發財做官都是虛辭，惟獨說要死的是實話，而大家卻不歡迎實話。可見，魯迅、梁實秋這兩位人生觀、世界觀、文學觀極為不同的作家，對生活中某些現象的觀察卻同樣敏銳。

聽一個朋友説起一個有趣的故事，這是個老故事，但我是初次聽見，所以以為有趣。他説：

有一家酒店，隔壁住着好幾個酒徒，酒徒竟偷酒喝，偷酒的方法是鑿壁成穴，以管入酒缸而吸飲之，輪流吸飲，每天夜晚習以為常。酒店老闆初而驚訝酒漿損失之巨，繼而暗歎酒徒偷飲技術之精，終乃思得報復之道。老闆不動聲色，入晚於置酒缸之處改置小便一桶，內中便溺洋溢，不可向邇[1]。夜深人靜，酒徒又來吮飲，爭先恐後，欲解饞吻。用盡力一吸，飽嚐異味，擠眉咧嘴，汨汨自喉而下，剛要聲張，旋思我若聲張，別人必不再來上當，我獨自吃虧，豈不太冤枉乎？有虧大家吃。於是乎連呼「好酒！好酒！」而退，乙繼之，亦同樣上當，亦同樣不肯獨自上當，亦連呼「好酒！好酒！」而退。丙丁戊己，循序而飲，以至於全體酒徒均得分潤。事畢環立，相視而笑。

我聽過這個故事之後，心裏有一點明白為甚麼有些人不肯説老實話。有些人寧願自己吃虧，寧願跟着別人吃虧，寧願套引別人跟着他吃虧，而也不願意把自己所實感的坦白直説出來。因為説出來之後，別人就不再吃虧，而他自己就顯得特別委屈。別人和他同樣地吃虧，他就覺得有人陪着他吃虧了，不冤枉了。

---

① 邇（ěr），近。

　　我又想：萬一其中有一個心直口快，把老實話脫口而出，這個人將要受怎樣的遭遇呢？我想這個人是不受歡迎的，並且還要受到詛咒，尤其是那些已經飲過小便而貌做飲過醇釀的人必定要罵這個人是個呆瓜！

　　要下水，大家拖下水。誰也不說老實話。說老實話就是呆瓜！

　　這種心理，到處皆然，要不得！

考生的悲哀

導讀

　　本文通過第一人稱敍述，以「我」的眼光和心理，批判現代考試制度對考生造成的壓力和折磨。從臨考前別人的恐嚇、自己的忐忑，到考試中的肅殺、緊張再到等待發榜時的焦灼，一路迤邐寫來，搖曳生姿。作者的高明之處，在於引進另一個人物——范進。作為主人公「我」的前輩，范進來自清代長篇小説《儒林外史》。他考了幾十年都不中舉，受盡了世人的白眼，連岳父胡屠户都對范進沒有好臉色。但在主試官周進的抬舉下，范進居然考中了。渴望了幾十年的地位、名譽、財產突然近在眼前，內心的壓抑瞬間釋放。但這一切來得太突然了，范進精神上受不了，過度高興而發了瘋。

　　「我」不斷地想到范進。「萬一榜上有名，切不可像《儒林外史》裏的范進，喜歡得痰迷心竅，挨屠户一記耳光才醒得過來。」「明天發榜，我這一夜沒好睡，直做夢，淨夢見范進。」這正用風趣而略顯誇張的語言説明了考試對「我」的折磨。

　　老舍先生有一篇文章《考而不死是為神》，與此文立意、語言風格大致相同，都是用幽默、詼諧、誇張的語言描寫了考生的種種不易，讀來既讓人心生同情，又會心一笑。

我是一個投考大學的學生，簡稱曰考生。

常言道，生，老，病，死，乃人生四件大事。就我個人而言，除了這四件大事之外，考大學也是一個很大的關鍵。

中學一畢業，我就覺得飄飄然，不知哪裏是我的歸宿。「上智與下愚不移」[①]，我並不是謙遜，我非上智，考大學簡直沒有把握，但我也並不是狂傲，我亦非下愚，總不能不去投考。我惴惴然，在所能投考的地方全去報名了。

有人想安慰我：「你沒有問題，準是一榜及第！」我只好說：「多謝吉言。」我心裏說：「你先別將[②]我！捧得高，摔得重。萬一我一敗塗地，可怎麼辦？」

有人想恫嚇我：「聽說今年考生特別多，一百個裏也取不了一個。可真要早些打主意。」我有甚麼主意可打呢？

有人說風涼話：「考學校的事可真沒有準，全憑運氣。」這倒是正道着了我的心情。我正是要碰碰運氣。也許有人相信，考場的事與父母的德行、祖上的陰功、墳地的風水都很有關係，我卻不願因為自己考學校而連累父母祖墳，所以說我是很單純地碰碰運氣，試試我的流年[③]。

話雖如此，我心裏的忐忑不安是與日俱增的。臨陣磨槍，沒有用；不磨，更要糟心。我看見所有的人的眼睛都在用奇異的目光盯着我，似乎都覺得我是一條大毛蟲，不知是

---

① 語出《論語》，意思是說只有上等的聰明人與下等的愚笨人的性情是不可改變的。

② 將（jiāng），用言語刺激。

③ 流年，舊時算命看相的人稱人一年的運氣。

要變蝴蝶，還是要變灰蛾。我也不知道我要變成一樣甚麼東西。我心裏懸想：如果考取，是不是可以揚眉吐氣，是不是有許多人要給我幾張笑臉看？如果失敗，是不是需要在地板上找個縫兒鑽進去？常聽長一輩的人說，不能唸書就只好去做學徒，學徒是要給掌櫃的捧夜壺起。因此，我一連多少天，淨做夢，一夢就是夜壺。

我把鉛筆修得溜尖，錐子似的；墨盒裏加足了墨汁；自來水筆灌足了墨水，外加墨水一瓶；三角板、毛筆、橡皮⋯⋯一應俱全。

一清早我到了考場，已經滿坑滿谷[④]的都是我的難友，一個個的都是神頭鬼臉、齜牙咧嘴的。

聽人說過，從前科舉場中，有人喊：「有恩報恩有仇報仇！」我想到這裏，就毛骨悚然。考場雖然是很爽朗，似也不免有些陰森之氣。萬一有個鬼魂和我過不去呢？

題目試卷都發下來了。我一目十行，先把題目大略地掃看一遍。還好，聽說從前有學校考語文只有一道作文題目，全體交了白卷，因為題目沒人懂，題目好像是「卞壼不苟時好論[⑤]」，典出《晉書》。我這一回總算沒有遇見「卞壼」，雖然「井兒」、「明兒」也難倒了我。有好幾門功課，題目真多，好像是在做常識試驗。試場裏只聽得沙沙地響，像是

④　滿坑滿谷，形容數量很多，到處都是。

⑤　卞壼（kǔn），東晉時的一位名士。當時有些人崇尚西晉時的放蕩之風，卞壼不認同這種說法，認為這恰是西晉淪喪半壁江山的罪魁禍首。不苟，不苟同。時好，當時的時代所崇尚的社會風氣。

蠶吃桑葉。我手眼並用，筆不停揮。

「啪！」一聲。旁邊一位朋友的墨水壺摔了，濺了我一褲子藍墨水。這一點兒也不稀奇，有必然性，考生沒有不灑墨水的；有人的自來水筆乾了，這也是必然的；有人站起來大聲問：「抄題不抄題？」這也是必然的。

考場大致是肅靜的。監考的先生們不知是怎樣選的，都是目光炯炯，東一位，西一位，好多道目光在試場上掃來掃去，有的立在台上高瞻遠矚，有的坐在空位子上作埋伏，有的巡回檢閱，真是如臨大敵。最有趣的是查對照片，一位先生給一個考生相面一次，有時候還需要仔細端詳，驗明正身而後已。

為甚麼要考這樣多功課，我不懂。至少兩天，至多三天，我一共考四個學校，前前後後一個整月耗在考試中間，考得我不死也得脫層皮。

但是我安然考完了，一不曾犯規，二不曾暈厥。

現就等着發榜。

我沉住了氣，我準備了最惡劣局勢的來臨。萬一名落孫山，我不尋短見，明年再見。可是我也準備好，萬一榜上有名，切不可像《儒林外史》裏的范進，喜歡得痰迷心竅，挨屠戶一記耳光才醒得過來。

榜？不是榜！那是犯人的判決書。

榜上如果沒有我的名字，我從此在人面前要矮下半尺多。我在街上只能擦着邊行走。我在家裏只能低聲下氣地說話。我吃的飯只能從脊樑骨下去。不敢想。如果榜上有名，則除了怕嘴樂得閉不上之外當無其他危險。

明天發榜，我這一夜沒好睡，直做夢，淨夢見范進。

天矇矇亮，報童在街上喊：「買報瞧！買報瞧！」我連爬帶滾地起來，買了一張報，打開一看，螞蟻似的一片人名，我閉緊了嘴，怕心臟從口裏跳出來，找來找去，找到了，我的名字赫然在焉！只聽得，噗通一聲，心像石頭一般落了地。我和范進不一樣，我沒發瘋，我也不覺得樂，我只覺得麻木空虛，我不由自主地從眼裏迸出了兩行熱淚。

錢 的 教 育

◖ 導讀

　　雖然文人墨客可以清高超脱，仙人隱士可以餐風飲露，但這只是他們的標榜而已，每個人都離不開錢。國家、社團、家庭更是如此，處處都離不開錢。所以在對小孩子的教育中，錢的教育是不可或缺的。

　　本文列舉了四種錢的教育：第一種是儲蓄，培養小孩子對於錢的愛好。作者以自己的親身經歷説明，這種方式「並沒有給我養成儲蓄的美德，它反倒幫助我對於錢發生一種神祕的感覺」。第二種是「絕對不給孩子們任何零錢」，作者通過自己小時候兩天不吃早飯，省錢買糯米藕的經歷，説明這種方式會讓孩子感覺到「沒有錢的苦處」。第三種是「不工作便沒有錢」，但作者認為這樣會讓孩子養成「沒有錢便不工作」的理念。如果「在家庭裏應用起來，便抹殺了人與人之間的情分，似乎是太早地戕賊了人的性靈了」。作者最贊成第四種錢的教育，即「一個家庭的經濟應該對孩子們公開，月底召開一次家庭會議，懂事的孩子們全都到席，家長報告賬目和預算，讓大家公開討論」。通過這樣的方式，「孩子們會養成一種自尊」，懂得「錢不但滿足自己的物質的需要，錢還要顧及自己的內心的平安」。

　　作者的「雅舍」系列散文多談身邊瑣事，但作者在這些小事情中浸潤着民主、自由等大主題。

烏托邦[①]的作者告訴我們説，在理想的國裏，小孩子拿金錢當做玩具，孩子們可以由性地大把地抓錢，順手丟來丟去地玩。其用意在使孩子把金錢看成司空見慣的東西，久之便會覺得金錢這東西稀鬆平常，長大了之後自然也就不會過分地重視金錢，貪吝的毛病也就可以不至於犯了。這理想恐怕終歸是個理想吧？小孩子沒有不喜歡耍槍弄棒的，長大之後更容易培養出尚武的精神。小孩子沒有不喜歡飛機模型的，長大之後很可能對航空發生很大的興趣。所以幼習俎豆[②]，長大便成聖賢，這種故事不能不説有幾分道理。小時候在錢堆裏打滾，大了便不愛錢，這道理我卻不敢深信。

事實上一般小孩子們所受的關於錢的教育，都是培養他對於錢的愛好。我們小時候，玩的不是錢，而常常是裝錢的撲滿[③]。門口過來了一個小販，吆喝着：「小盆兒啊小罐兒啊！」往往不經我們的請求，大人就給買一個瓦製的小撲滿。大人告訴我們把錢一個個地放進那個小孔裏面，積着，積着，積滿了之後撲的一聲摔碎，便可以有筆大錢。那一筆錢做甚麼用？從來沒有人告訴我們。以我個人而論，我拿到

① 烏托邦，意為空想的國家。作為書名，是英國空想社會主義者托馬斯・摩爾（1478—1535）的名著，書中虛構了一個航海家航行到一個奇鄉異國「烏托邦」的見聞，那裏財產公有、人民平等、按需分配。
② 俎（zǔ）豆，古代為祭祀時用的器具。俎，古代祭祀時盛牛羊等祭品的器具；豆，古代盛食物用的器具。
③ 撲滿，用來存錢的器具，像沒口的小酒罈，上面有一個細長的孔。錢幣放進去之後，要打破撲滿才能取出來。

一個撲滿之後，我卻是被這個古怪的玩意兒所誘惑了，覺得怪有趣的，恨不得能立刻把它填滿，我憧憬着將來有一天摔碎它時的那種快樂。我手裏難得有錢，錢是在父親屋裏的大木櫃裏鎖着的，我手裏的錢只有三種來源：一是過年時的壓歲錢，或是客人來時給的紅紙包的錢；一是自己生辰家裏長輩給的錢；一是從每日點心費裏積攢下來的節餘。有一點富餘的錢，便急忙投進撲滿，噹的一聲，怪好玩兒的。起初我對於這小小的儲蓄銀行很感興趣，不時地取出來搖搖，從那個小孔往裏面窺看。但是不久我就恍然，我是被騙了，因為我在想買冰糖葫蘆或是糯米藕的時候，才明白那撲滿裏的錢是無法取出來用的，那窟窿太小，倒是倒不出來，用刀子撥也撥不出來，要摔又不敢。我開始明白這不是一個玩具，這是一個強迫儲蓄的一種陷阱。金錢這東西為甚麼是那樣地寶貴，必須如此周密地儲藏起來呢？撲滿並沒有給我養成儲蓄的美德，它反倒幫助我對於錢發生一種神祕的感覺。

有人主張絕對不給孩子們任何零錢，一切糖果玩具都已準備齊全，當然無從令孩子們去學習揮霍的本領。銅臭是越晚沾染人的雙手越好。可是這種辦法也有時效的限制，一離開家之後，任何孩子都會立刻感覺到錢的重要。我小的時候，每天上學口袋裏放兩個銅板，到學校可以買兩套燒餅油條做早點吃。我本來也沒有別的其他慾望，但是過了兩天，學校門口來了一個賣糯米藕的小販，圍了一圈的小顧客，我

擠進去一看，那小販正在一片一片地切着一橛赭[④]中帶紫的東西，像是藕，可是孔裏又塞着東西，切好之後澆一小勺紅糖汁和一小勺桂花，令人饞涎欲滴！我嚥了一口唾沫之後退出來了。第二天仗着膽子去買一碟囔囔，卻料不到起碼要四個銅板才肯賣。我忍了兩天沒吃早點，換到了一碟這個無名的美味。這是我有生以來第一次感覺到錢的用處，第一次感覺到沒有錢的苦處。我相當地了解了錢的神祕。

錢的用處比較容易明白，錢從甚麼地方來，便比較難以了解。父母的櫃子裏、皮包裏，不斷地有錢的補充。但是從哪裏來的呢？有人主張用實驗的方法教導孩子：不工作便沒錢。於是他們鼓勵孩子們服務，按服務的多寡優劣而付給報酬。芟除[⑤]庭草，一角錢；汲水[⑥]澆花，一角錢；看家費，一角錢；投郵費，一角錢……這種辦法有好處，可以讓孩子知道錢不是白給的，是勞動換來的。但是也有流弊，「沒有錢便不工作」。我看見過很多人家的孩子，不給錢便不肯寫每天一頁的大字，不給錢便死抱着桌腿不肯上學，不給錢便撒潑打滾不給你一刻安靜的工夫去睡午覺。這樣，錢的報酬的功用已經變成為賄賂的功用了！「沒有錢便不工作」，這原則並不錯，不過在家庭裏應用起來，便抹殺了人與人之間的情分，似乎是太早地戕賊了人的性靈了。

如果把錢的教育寫成一本大書，我想也不過是上下二

名家散文必讀系列‧梁實秋

④　赭（zhě），紅褐色。

⑤　芟（shān）除，除去、消滅。

⑥　汲（jí）水，取水，打水。

卷，上卷是錢怎樣來，下卷是錢怎樣去。

　　錢怎樣來，只能由上一輩的人做一個榜樣給下一輩的人看。示範的作用很大，孩子們無須很早地就實習。如果一個人的人生觀和宇宙觀都是從錢的方孔裏望出去的，我相信他的孩子們一定會有一套拜金主義的心理。如果一個人用各種欺騙舞弊的方法把錢弄到家裏而並不臉紅，而且洋洋得意地自詡為能，甚而給孩子們也分潤一點兒油水，我想這也就是很有效的一種教育，孩子長大必定也會有從政經商的全副的本領。所謂家學淵源，在這一方面也應用得上。講到錢的去處，孩子們的意見永遠不會和上一輩的相同，年輕人總覺得父母把錢繫在肋骨上，每個大錢拿下來都是血淋淋的，錢永遠沒有足夠的時候。正當的用錢的方法，是可以從小就加以訓練的。有人主張，一個家庭的經濟應該對孩子們公開，月底召開一次家庭會議，懂事的孩子們全都到席，家長報告賬目和預算，讓大家公開討論。在這民主的形式之下，孩子們會養成一種自尊。大姐姐本來吵着買大衣，結果會自動放棄，移做弟弟妹妹買皮鞋用；大哥哥本來爭着要置自行車，結果也會自動放棄，移做冬天買煤之用。這是良好習慣的養成，錢用在比較最需要的地方去。錢不但滿足自己的物質的需要，錢還要顧及自己的內心的平安。這樣的用錢的方法，值得一試。孩子們不一定永遠是接受命令，他也可以理解。

旁若無人

◖ 導讀

　　本文最初發表於 1947 年《世紀評論》第 1 卷第 4 期。作者說：「一個人大聲說話，是本能；小聲說話，是文明。」這句話非常精闢。我們生活在人口稠密的都市，在追求自己的自由與享樂的同時，也要考慮到別人的自由和享樂。只有每個人都充分尊重他人，充分考慮他人的自由和幸福，自己的自由和幸福才能得到保證。本文的語言延續了梁實秋慣有的詼諧、風趣、灑脫、通達的特點，又舉了自己身邊幾個具有代表性的「旁若無人」的例子，寫得活靈活現、充滿意趣。電影院中有人像患了羊癇風一樣地抖腿，在大庭廣眾之下毫無形象地欠伸，鄰居老翁每次歸家時製造的驚天大動靜，都讓作者覺得十分不妥。

　　在作者看來，旁若無人的種種陋習不僅會給別人造成不便，更是民族劣根性的表現，「有個外國人疑心我們國人的耳鼓生得異樣，那層膜許是特別厚，非扯着脖子喊不能聽見，所以人說話總是像打架」。「我們國人會嚷的本領，是誰也不能否認的」。「大概文明程度愈高，說話愈不以聲大見長」。作者引用叔本華的寓言說明，人與人相處的最適宜的方式是要相互保持一定的距離，而「不必像孔雀開屏似的把自己的刺毛都儘量地伸張」，不僅是一種禮貌，更是一種文明的表現。

　　在電影院裏，我們大概都常遇到一種不愉快的經驗。在你聚精會神地靜坐着看電影的時候，會忽然覺得身下坐着的椅子顫動起來，動得很勻，不至於把你從座位裏掀出去；動得很促，不至於把你顛搖入睡，顫動之快慢急徐，恰好令你覺得他討厭。大概是輕微地震罷？左右探察震源，忽然又不顫動了。在你剛收起心來繼續看電影的時候，顫動又來了。如果下決心尋找震源，不久就可以發現，毛病大概是出在附近的一位先生的大腿上。他的足尖踏在前排椅撐上，繃足了勁兒，利用腿筋的彈性，很優遊地在那裏發抖。如果這拘攣性的動作是由於羊癇風一類的病症的爆發，我們要原諒他，但是不像，他嘴裏並不吐白沫。看樣子也不像是神經衰弱，他的動作是能收能發的，時作時歇，指揮如意。若説他是有意使前後左右兩排座客不得安生，卻也不然。全是陌生人無仇無恨，我們站在被害人的立場上看，這種變態行為只有一種解釋，那便是他的意志過於集中，忘記旁邊還有別人，換言之，便是「旁若無人」的態度。

　　「旁若無人」的精神表現在日常行為上者不只一端。例如欠伸，原是常事，「氣乏則欠，體倦則伸」。但是在稠人廣眾之中，張開血盆巨口，作吃人狀，把口裏的獠牙顯露出來，再加上伸胳臂伸腿如演太極，那樣子就不免嚇人。有人打哈欠還帶音樂的，其聲嗚嗚然，如吹號角，如鳴警報，如猿啼，如鶴唳，音容並茂。《禮記》：「侍坐於君子，君子

欠伸，撰杖屨，視日蚤莫，侍坐者請出矣。」[1]是欠伸合於古禮，但亦以「君子」為限，平民豈可援引，對人伸胳臂張嘴，縱不嚇人，至少令人覺得你是在逐客，或是表示你自己不能管制你自己的肢體。

鄰居有叟[2]，平常不大回家，每次歸來必令我聞知。清晨有三聲噴嚏，不只是清脆，而且洪亮，中氣充沛，根據那聲音之響，我揣測必有異物入鼻，或是有人插入紙捻，那聲音撞擊在臉盆之上有金石聲！隨後是大排場的漱口，真是排山倒海，猶如骨鯁在喉，又似蒼蠅下嚥。再隨後是三餐的飽嗝，一串串的咯聲，像是下水道不甚暢通的樣子。可惜隔着牆沒能看見他剔牙，否則那一份刮垢磨光的鑽探工程，場面也不會太小。

這一切「旁若無人」的表演究竟是偶然突發事件，經常令人困惱的乃是高聲談話。在喊救命的時候，聲音當然不嫌其大，除非是脖子被人踩在腳底下，但是普通的談話似乎可以令人聽見為度，而無需一定要力竭聲嘶地去振聾發聵。生理學告訴我們，發音的器官是很複雜的，說話一分鐘要有九百個動作，有一百塊筋肉在弛張，但是大多數人似乎還嫌不足，恨不得嘴上再長一個擴大器。有個外國人疑心我們國人的耳鼓生得異樣，那層膜許是特別厚，非扯着脖子喊

---

① 此段話的意思是說，一個人陪君子坐着，如果君子開始出現伸懶腰、打哈欠、拿鞋、拿拐杖的現象，而且時間也不早了，就要趕緊離開。撰，拿。屨（jù），鞋。蚤，同「早」。

② 叟（sǒu），老年男子。

不能聽見，所以說話總是像打架。這批評有多少真理，我不知道。不過我們國人會嚷的本領，是誰也不能否認的。電影場裏電燈初滅的時候，總有幾聲「哎喲，小三兒，你在哪兒哪？」在戲院裏，演員像是演啞劇，大鑼大鼓之聲依稀可聞，主要的聲音是觀眾鼎沸，令人感覺好像是置身蛙塘。在旅館裏，好像前後左右都是廟會，不到夜深休想安眠，安眠之後難免沒有響皮底的大皮靴毫無慚愧地在你門前踱來踱去。天未大亮，又有各種市聲前來侵擾。一個人大聲說話，是本能；小聲說話，是文明。以動物而論，獅吼，狼嗥，虎嘯，驢鳴，犬吠，即是小如促織[3]、蚯蚓，聲音都不算小，都不會像人似的有時候也會低聲說話。大概文明程度愈高，說話愈不以聲大見長。羣居的習慣愈久，愈不容易存留「旁若無人」的幻覺。我們以農立國，鄉間地曠人稀，畎畝阡陌[4]之間，低聲說一句「早安」是不濟事的，必得扯長脖子喊一聲「你吃過飯啦？」可怪的是，在人煙稠密的所在，人的喉嚨還是不能縮小。更可異的是，紙驢嗓，破鑼嗓，喇叭嗓，公雞嗓，並不被一般地認為是缺陷，而且麻衣相法[5]還公然地說，聲音洪亮者主貴！

---

③　促織，蟋蟀。

④　畎畝阡陌，泛指田間地頭。畎（quǎn）畝，田間、田地。阡陌（qiān mò），田間的小路。

⑤　麻衣相法，中國古代的一種術數，以人的面貌、五官、骨骼、氣色、體態、手紋等推斷吉凶禍福、貴賤夭壽的相面之術。

叔本華⑥有一段寓言：

　一羣豪豬在一個寒冷的冬天擠在一起取暖，但是他們的刺毛開始互相擊刺，於是不得不分散開。可是寒冷又把他們驅在一起，於是同樣的事故又發生了。最後，經過幾番的聚散，他們發現最好是彼此保持相當的距離。同樣的，羣居的需要使得人形的豪豬聚在一起，只是他們本性中的帶刺的令人不快的刺毛使得彼此厭惡。他們最後發現的使彼此可以相安的那個距離，便是那一套禮貌；凡違犯禮貌者便要受嚴詞警告—— 用英語來說 —— 請保持相當距離。用這方法，彼此取暖的需要只是相當的滿足了；可是彼此可以不至互刺。自己有些暖氣的人情願走得遠遠的，既不刺人，又可不受人刺。

　逃避不是辦法。我們只是希望人形的豪豬時常地提醒自己：這世界上除了自己還有別人，人形的豪豬既不止我一個，最好是把自己的大大小小的刺毛收斂一下，不必像孔雀開屏似的把自己的刺毛都儘量地伸張。

---

⑥　叔本華（1788—1860），德國著名哲學家，持悲觀主義的觀點，主張禁慾忘我。

散 步

　　散步，在作者筆下是很風雅的。你看他，攜着一根半舊的手杖，孑然一人，時而停下來，看路邊蠕動的蚯蚓和大蝸牛，看「河邊蹲踞着三三兩兩浣衣女」，看「田畦間佇立着幾個莊稼漢」。他盡情享受着這樣的樂趣：「東望西望沒人管，快步慢步由你説，這不但是自由，而且只有在這種時候才特別容易領略到『前不見古人，後不見來者』那種『分段苦』的味道。」

　　歷來的文人學者都喜歡散步。文學家沈從文在小時候常常逃學到城外廟裏去散步，「那些廟裏總常有人在殿前廊下絞繩子、織竹簟、做香，我就看他們做事。有人下棋，我看下棋。有人打拳，我看打拳。甚至於相罵，我也看着，看他們如何罵來罵去，如何結果。」這些成為他後來創作小説的素材。美學家宗白華常常在北大未名湖畔散步，「偶爾在路旁折到一枝鮮花，也可以在路上拾起別人棄之不顧而自己感到興趣的燕石。」這都引發了他對人生與美的思考。所以散步不僅僅是一種生活習慣，也是靈感的來源、閒適的樂趣與思考的途徑。同時，散步也回應着美學家李澤厚的思考：「在『機器的節奏』愈來愈快速、『生活的節奏』愈來愈緊張的異化世界裏，如何保持住人間的詩意、生命、憧憬和情絲，不正是今日在邁向現代化社會中所值得注意的世界性問題麼？」

《瑯嬛記》[①]云：「古之老人，飯後必散步。」好像是散步限於飯後，僅是老人行之，而且盛於古時。現代的我，年紀不大，清晨起來盥洗完畢便提起手杖出門去散步。這好像是不合古法，但我已行之有年，而且同好甚多，不只我一人。

清晨走到空曠處，看東方既白，遠山如黛，空氣裏沒有太多的塵埃炊煙混雜在內，可以放心地儘量地深呼吸，這便是一天中難得的享受。據估計：「目前一般都市的空氣中，灰塵和煙煤的每週降量，平均每平方公里約為五噸，在人煙稠密或工廠林立的地區，有的竟達二十噸之多。」養魚的都知道要經常為魚換水，關在城市裏的人真是如在火宅，難道還不在每天清早從軟暖習氣中掙脫出來，服幾口清涼散？

散步的去處不一定要是山明水秀之區，如果風景宜人，固然覺得心曠神怡，就是荒村陋巷，也自有它的情趣。一切只要隨緣。我從前沿着淡水河邊，走到螢橋，現在順着一條馬路，走到土橋，天天如是，仍然覺得目不暇接。朝露未乾時，有蚯蚓、大蝸牛，在路邊蠕動，沒有人傷害牠們，在這時候這些小小的生物可以和我們和平共處。也常見有被碾斃的田雞野鼠橫屍路上，令人怵目驚心，想到生死無常。河邊蹲踞着三三兩兩浣衣女[②]，態度並不輕閒，她們的背上兜着垂

名家散文必讀系列‧梁實秋

---

① 《瑯嬛記》，中國古典小說，題名元代伊士珍撰寫，書中記載了諸多荒誕不經的故事和神話傳說。瑯嬛（láng huán），傳說中天帝藏書的地方。

② 浣衣女，洗衣服的女子。浣，洗。

頭瞌睡的小孩子。田畦間佇立着幾個莊稼漢，大概是剛拔完蘿蔔摘過菜。是農家苦，還是農家樂，不大好說。就是從巷弄裏面穿行，無意中聽到人家裏的喁喁絮語，有時也能令人忍俊不禁。

六朝人喜歡服五石散[3]，服下去之後五內如焚，渾身發熱，必須散步以資宣泄。到唐朝時猶有這種風氣。元稹[4]詩「行藥步牆陰」，陸龜蒙[5]詩「更擬結茅臨水次，偶因行藥到村前」。所謂「行藥」，就是服藥後的散步。這種散步，我想是不舒服的。肚裏面有丹砂、雄黃、白礬之類的東西作怪，必須腳步加快，步出一身大汗，方得暢快。我所謂的散步不這樣地緊張，遇到天寒風大，可以縮頸急行，否則亦不妨邁方步，緩緩而行。培根[6]有言：「散步利胃。」我的胃口已經太好，不可再利，所以我從不跟蹌地趲路[7]。六朝人所謂「風神蕭散，望之如神仙中人」，一定不是在行藥時的寫照。

散步時總是攜帶一根手杖，手裏才覺得不閒得慌。山水畫裏的人物，凡是跋山涉水的總免不了要有一根筇[8]杖，否則好像是擺不穩當似的。王維詩「策杖村西日斜」，村東日

---

③　五石散，魏晉時流行的一種藥，基本成分為石鐘乳、石硫磺、白石英、紫石英、赤石脂。

④　元稹（779—831），唐代著名詩人。

⑤　陸龜蒙（？—881），唐代著名詩人。

⑥　培根（1561—1626），英國文藝復興時期重要的散文家、哲學家。

⑦　趲（zǎn）路，趕路、快走。

⑧　筇（qióng），一種竹子。

出時也是一樣地需要策杖。一杖在手，無需舞動，拖曳就可以了。我的一根手杖，因為在地面摩擦的關係，已較當初短了寸餘。手杖有時亦可做為武器，聊備不時之需，因為在街上散步時不僅是人，還有狗。不是夾着尾巴的喪家之狗，也不是循循然汪汪叫的土生土長的狗，而是那種雄赳赳的橫眉豎眼張口伸舌的巨獒，氣咻咻地迎面而來，後面還跟着騎腳踏車的扈從，這時節我只得一面退避三舍，一面加力握緊我手裏的竹杖。那狗脖子上掛着牌子，當然是納過稅的，還可能是系出名門，自然也有權利出來散步。還好，此外尚未遇見過別的甚麼猛獸。唐慈藏大師「獨靜行禪，不避虎兕[9]」，我只有自慚定力不夠。

散步不需要伴侶，東望西望沒人管，快步慢步由你說，這不但是自由，而且只有在這種時候才特別容易領略到「前不見古人，後不見來者」那種「分段苦」的味道。天覆地載，孑然一身。事實上街道上也不是絕對地闃[10]無一人，策杖而行的不只我一個，而且經常地有很熟的面孔準時準地地出現，還有三五成羣的小姑娘，老遠地就送來木屐聲。天長日久，面孔都熟了，但是誰也不理誰。在外國的小都市，你清早出門，一路上打掃台階的老太婆總要對你搭訕一兩句話，要是在郊外山上，任何人都要彼此脫帽招呼。他們不嫌多事。我有時候發現，一個形容枯槁的老者忽然不見他在街

---

⑨　兕（sì），古代指犀牛。

⑩　闃（qù），形容沒有聲音。

道散步了，第二天也不見，第三天也不見，我真不敢猜想他是到哪裏去了。

太陽一出山，把人影照得好長，這時候就該往回走。再晚一點便要看到穿藍條睡衣睡褲的女人們在街上或是河溝裏倒垃圾，或者是捧出紅泥小火爐在路邊呼呼地搧起來，弄得煙氣騰騰。尤其是，風馳電掣的現代交通工具也要像是猛虎出柙[11]一般地露面了，行人總以迴避為宜。所以，散步一定要在清晨。白居易詩：「晚來天氣好，散步中門前。」要知道白居易住的地方是伊闕，是香山[12]，和我們住的地方不一樣。

---

[11]　柙（xiá），關野獸的木籠。

[12]　伊闕、香山都是地名，在今河南洛陽龍門石窟一帶，白居易的墓就在那裏。

狗

導讀

　　本文初載於 1944 年 6 月 4 日昆明《中央日報·星期增刊》第 3 版，後來又發表於 1947 年《世紀評論》第 2 卷第 6 期。本文是關於狗的，但既非描寫某一條形象生動的狗，也非一個以狗為主人公的有頭有尾的故事，明為寫狗，實為寫人。作者用幽默風雅但是又飽含揶揄諷刺的語言寫出了狗主人的勢利、小心眼、幸災樂禍、觀察入微、活靈活現。這的確是一部分人的寫照。

　　不過並不是所有的狗都是作者筆下的惡犬，狗一直就是人類最忠誠的朋友之一，文人墨客留下了很多關於狗的美德故事。《太平廣記》中有 36 則關於狗的筆記。其中一條是說晉太和時，廣陵人楊生醉酒後「臥於荒草之中」，很快荒草燃起來了，幸好所養之狗「就水自濡，還即臥於草上。如此數四。周旋蹙步，草皆沾濕，火至免焚」，救了他一命。紀昀（紀曉嵐）在《閱微草堂筆記》中載，他受貶新疆時，養了一條叫「四兒」的狗，後來他離開新疆，四兒「戀戀隨行，揮之不去，竟同至京師。途中守行篋甚嚴」。這些故事也是寫狗，卻從狗的忠誠入筆，與本文的立意有別。

　　對於小動物，作者其實是非常喜愛的，他老年的時候養過貓，在給朋友的信中說：「我養了三隻小貓，老大都八歲了，一天要餵五頓，貓離不開我，我也離不開貓。」一個溫和的老人的形象躍然紙上。

我初到重慶，住在一間湫隘[1]的小室裏，窗外還有三兩
窠肥碩的芭蕉，屋裏益發顯得陰森森的，每逢夜雨，淒慘欲
絕。但淒涼中畢竟有些詩意，旅中得此，尚復何求？我所最
感苦惱的乃是房門外的那一隻狗。

我的房門外是一間穿堂，亦即房東一家老小用膳之地，
餐桌底下永遠臥着一條腦滿腸肥的大狗。主人從來沒有掃過
地，每餐的殘羹剩飯，骨屑稀粥，以及小兒便溺，全部在地
上星羅棋佈着，由那隻大狗來舐得一乾二淨。如果有生人走
進，狗便不免有所誤會，以為是要和他爭食，於是聲色俱厲
地猛撲過去。在這一家裏，狗完全擔負了「灑掃應對[2]」的
責任。

「君子有三畏」，犬其一也。我知道性命並無危險，但
是每次出來進去總要經過他的防線，言語不通，思想亦異，
每次都要引起摩擦，釀成衝突，日久之後真覺厭煩之至。其
間曾經謀求種種對策，一度投以餌餅，期收綏靖[3]之效，不
料餌餅尚未啖[4]完，乘我反身開鎖之際，無警告地向我的腿
部偷襲過來；又一度改取「進攻乃最好的防禦」的方法，轉
取主動，見頭打頭，見尾打尾，雖無挫衄[5]，然積小勝終不能
成大勝，且轉戰之餘，血脈賁張，亦大失體統。因此外出即

---

① 湫（jiǎo）隘，低窪狹小。湫，低窪。
② 灑掃應對，灑水掃地、酬答賓客。
③ 綏（suí）靖，安撫，使保持地方平靜。
④ 啖（dàn），吃。
⑤ 衄（nǜ），戰敗。

怵回家，回到房裏又不敢多飲茶。不過使我最難堪的還不是狗，而是他的主人的態度。

狗從桌底下向我撲過來的時候，如果主人在場，我心裏是存着一種奢望的：我覺得狗雖然也是高等動物，脊椎動物哺乳類，然而，究竟，至少在外形上，主人和我是屬於較近似的一類，我希望他給我一些援助或同情。但是我錯了，主客異勢，親疏有別，主人和狗站在同一立場。我並不是說主人也幫着狗狺狺⑥然來對付我，他們尚不至於這樣地合羣。我是說主人對我並不解救，看着我的狼狽而哄然噱笑⑦，泛起一種得意之色，面帶笑容對狗嗔罵幾聲：「小花！你昏了？連 × 先生你都不認識了！」罵的是狗，用的是讓我所能聽懂的語言。那弦外之音是：「我已盡了管束之責了，你如果被狗吃掉莫要怪我。」然後他就像是羅馬劇場裏看基督徒被猛獸撲食似的作壁上觀。俗語說「打狗看主人」，我覺得不看主人還好，看了主人我倒要狠狠地再打狗幾棍。

後來我疏散下鄉，遂脫離了這惡犬之家，聽說繼續住那間房的是一位軍人，他也遭遇了狗的同樣的待遇，也遭遇了狗的主人的同樣的待遇，但是他比我有辦法，他拔出槍來把狗當場格斃了。我於稱快之餘，想起那位主人的悲愴，又不能不付予同情了。特別是，殘茶剩飯丟在地下無人舔，主人勢必躬親灑掃，其淒涼是可想而知的。

---

⑥ 狺（yín）狺，形容狗叫的聲音。

⑦ 噱（jué）笑，大笑。

在鄉下不是沒有犬危。沒有背景的野犬是容易對付的，除了菜花黃時的瘋犬不計外，普通的野犬都是那些不修邊幅的夾尾巴的可憐的東西，就是汪汪地叫起來也是有氣無力的，不像人家豢養^⑧的狗那樣振振有詞、自成系統。有些人家在門口掛着牌示「內有惡犬」，我覺得這比門裏埋伏惡犬的人家要忠厚得多。我遇見過埋伏，往往猝不及防，驚惶大呼，主人聞聲搴^⑨簾而出，嫣然而笑，肅客入座，從容相告狗在最近咬傷了多少人。這是一種有效的安慰，因為我之未及於難是比較可慶幸的事了。但是我終不明白，他為甚麼不索性養一隻虎？來一個吃一個，來兩個吃一雙，豈不是更為體面麼？

這道理我終於明白了。雅舍無圍牆，而盜風熾，於是添置了一隻狗。一日郵差貿貿然來，狗大咆哮，郵差且戰且走，蹣跚而逸^⑩，主人拊掌大笑。我頓有所悟。別人的狼狽永遠是一件可笑的事，被狗所困的人是和踏在香蕉皮上面跌跤的人同樣地可笑。養狗的目的就是要他咬人，至少作吃人狀。這就是等於養雞是為要他生蛋一樣。假如一隻狗像一隻貓一樣，整天曬太陽睡覺，客人來便咪咪叫兩聲，然後逡巡而去，我想不但主人要慚愧，客人也要驚訝。所以狗咬客人，在主人方面認為狗是克盡厥職^⑪，表面上儘管對客抱歉，

---

⑧　豢（huàn）養，餵養牲畜。

⑨　搴（qiān），拔。

⑩　逸，逃跑。

⑪　克盡厥職，遵守自己的職責。厥，代詞，牠的。

但心裏是有一種愉快，覺得我的這隻狗並非是掛名差事，他守在崗位上發揮了作用。所以對狗一面苛責，一面也還要嘉勉。因此臉上才泛出那一層得意之色。還有衣裳楚楚的，狗是不大咬的，這在主人也不能不有「先獲我心」之感。而遺憾者，有些主人並不以衣裳取人，亦並不以衣裳廢人，而這種道理無法通知門上，有時不免要慢待嘉賓。不過就大體論，狗的眼力總是和他的主人差不了多少。所以，有這樣多的人家都養狗。

鳥

◀ 導讀

　　本文最初發表於 1947 年《世紀評論》第 14 期。作者對鳥的印象，主要來自北京和四川。老北京居民對於遛鳥很感興趣，無論是黎明還是傍晚，總能看見提着鳥籠在大街小巷散步的老人，老舍的《茶館》對此有過生動描寫。作者生於北京，常常見到遛鳥的居民，對囚禁在籠子裏的鳥兒留下了深刻的印象。抗戰時候，作者長期居住在四川，四川人不遛鳥，作者容易「看見那樣多型類的鳥的跳蕩」，也容易「聽到那樣悦耳的鳥鳴」。兩相對比，作者更喜歡在自然中自由自在的鳥兒。

　　作者在文章開篇提到看見遛鳥人在街上散步時的感觸：「我感覺興味的不是那人的悠閒，卻是那鳥的苦悶。」「鳥到了這種地步，我想牠的苦悶，大概是僅次於黏在膠紙上的蒼蠅，牠的快樂，大概是僅優於在標本室裏住着罷？」這實際上表現了作者對鳥兒的同情和對自由的捍衛。鳥跟人是相通的，人類不希望失去自由，鳥兒也不希望生活在樊籠中。鳥兒是大自然的物種，並不為取悦人類活着，而有牠自己的生活方式和喜怒哀樂。所以作者對於鳥兒「不存在幻想」，實際上是尊重鳥兒，不把鳥兒當做自己的玩物。

　　本文對於鳥兒叫聲和形狀的描寫很傳神，沒有仔細的聆聽和觀察，很難寫出這樣精當的文字。

我愛鳥。

從前我常見提籠架鳥的人，清早在街上溜達（現在這樣有閒的人少了）。我感覺興味的不是那人的悠閒，卻是那鳥的苦悶。胳膊上架着的鷹，有時頭上蒙着一塊皮子，羽翮[①]不整地蜷伏着不動，哪裏有半點瞵視昂藏[②]的神氣？籠子裏的鳥更不用説，常年地關在柵欄裏，飲啄倒是方便，冬天還有遮風的棉罩，十分地「優待」，但是如果想要「搏扶搖而直上[③]」，便要撞頭碰壁。鳥到了這種地步，我想牠的苦悶，大概是僅次於黏在膠紙上的蒼蠅，牠的快樂，大概是僅優於在標本室裏住着罷？

我開始欣賞鳥，是在四川。黎明時，窗外是一片鳥囀，不是吱吱喳喳的麻雀，不是呱呱噪啼的烏鴉，那一片聲音是清脆的，是嘹亮的，有的一聲長叫，包括着六七個音階，有的只是一個聲音，圓潤而不覺其單調；有時候是獨奏，有時候是合唱，簡直是一派和諧的交響樂。不知有多少個春天的早晨，這樣的鳥聲把我從夢境喚起。等到旭日高升，市聲鼎沸，鳥就沉默了，不知到哪裏去了。一直等到夜晚，才又聽到杜鵑叫，由遠叫到近，由近叫到遠，一聲急似一聲，竟是淒絕的哀樂。客夜聞此，説不出的酸楚！

在白晝，聽不到鳥鳴，但是看得見鳥的形體。世界上的生物，沒有比鳥更俊俏的。多少樣不知名的小鳥，在枝頭跳

---

① 翮（hé），鳥羽的莖狀部分，中空透明。

② 瞵視昂藏，環顧左右、高大偉岸的樣子。

③ 出自莊子《逍遙遊》，形容鳥振翅高飛的樣子。

名家散文必讀系列・梁實秋

躍，有的曳着長長的尾巴，有的翹着尖尖的長喙，有的是胸襟上帶着一塊照眼的顏色，有的是飛起來的時候才閃露一下斑斕的花彩。幾乎沒有例外的，鳥的身軀都是玲瓏飽滿的，細瘦而不乾癟，豐腴而不臃腫，真是減一分則太瘦，增一分則太肥那樣的穠纖合度，跳蕩得那樣輕靈，腳上像是有彈簧。看牠高踞枝頭，臨風顧盼 —— 好銳利的喜悅刺上我的心頭。不知是甚麼東西驚動牠了，牠倏地振翅飛去，牠不回顧，牠不悲哀，牠像虹似的一下就消逝了，牠留下的是無限的迷惘。有時候稻田裏佇立着一隻白鷺，拳着一條腿，縮着頸子，有時候「一行白鷺上青天」，背後還襯着黛青的山色和釉綠的梯田，就是抓小雞的鳶鷹，啾啾地叫着，在天空盤旋，也有令人喜悅的一種雄姿。

我愛鳥的聲音、鳥的形體，這愛好是很單純的，我對鳥並不存任何幻想。有人初聞杜鵑，興奮得一夜不能睡，一時想到「杜宇」、「望帝」[④]，一時又想到啼血，想到客愁，覺得有無限詩意。我曾告訴他事實上全不是這樣的。杜鵑原是很健壯的一種鳥，比一般的鳥魁梧得多，扁嘴大口，並不特別美，而且自己不知構巢，依仗體壯力大，硬把卵下在別個的巢裏，如果巢裏已有了夠多的卵，便不客氣地給擠落下去，孵育的責任由別個代負了，孵出來之後，羽毛漸豐，就可把巢據為己有。那人聽了我的話之後，對於這豪橫無情

---

④　相傳戰國時蜀王杜宇稱帝，號望帝，後禪位臣子，退隱西山，死後化為杜鵑鳥，啼聲淒切。唐代詩人李商隱有「望帝春心託杜鵑」的詩句。

的鳥，再也不能幻出甚麼詩意出來了。我想濟慈[5]的《夜鶯》，雪萊[6]的《雲雀》，還不都是詩人自我的幻想，與鳥何干？

鳥並不永久地給人喜悅，有時也給人悲苦。詩人哈代[7]在一首詩裏說，他在聖誕的前夕，爐裏燃着熊熊的火，滿室生春，桌上擺着豐盛的筵席，準備着過一個普天同慶的夜晚，驀然看見在窗外一片美麗的雪景當中，有一隻小鳥踽踽[8]縮縮地在寒枝的梢頭踞立，正在啄食一顆殘餘的僵凍的果兒，禁不住那料峭的寒風，栽倒地上死了，滾成一個雪團！詩人感喟曰：「鳥！你連這一個快樂的夜晚都不給我！」我也有過一次類似經驗，在東北的一間雙重玻璃窗的屋裏，忽然看見枝頭有一隻麻雀，戰慄地跳動、抖擻着，在啄食一塊乾枯的葉子。但是我發見那麻雀的羽毛特別地長，而且是蓬鬆戟張着的，像是披着一件蓑衣，立刻使人聯想到那垃圾堆上的大氅襤褸而臃腫的人，那形容是一模一樣的。那孤苦伶仃的麻雀，也就不暇令人哀了。

自從離開四川以後，不再容易看見那樣多型類的鳥的

---

[5] 濟慈（1795—1821），英國著名浪漫主義詩人。《夜鶯》為其代表詩作。

[6] 雪萊（1792—1822），英國著名浪漫主義詩人。《致雲雀》和《西風頌》為其最著名的抒情詩。

[7] 哈代（1840—1928），英國著名詩人、小說家，代表作有《德伯家的苔絲》、《無名的裘德》等。

[8] 踽踽（jú jí），跼曲不伸展。

跳蕩，也不再容易聽到那樣悦耳的鳥鳴。只是清早遇到煙突冒煙的時候，一羣麻雀擠在簷下的煙突旁邊取暖，隔着窗紙有時還能看見伏在窗櫺上的雀兒的映影。喜鵲不知逃到哪裏去了。帶哨子的鴿子也很少看見在天空打旋。黃昏時偶爾還聽見寒鴉在古木上鼓噪，入夜也還能聽見那像哭又像笑的鴟鴞⑨的怪叫。再令人觸目的就是那些偶然一見的囚在籠裏的小鳥兒了，但是我不忍看。

---

⑨　鴟鴞（chī xiāo），巨大兇狠的鳥。

臉 譜

◖ 導讀

　　本文最初發表於 1944 年《華聲》第 1 卷第 1 期。作者開篇就指出，他並不是要寫戲曲中的臉譜，而是「每天都要映入我們眼簾的形形色色的活人的臉」。「人心不同，各如其面」，「相由心生」，一個人的臉其實可以反映出一個人的心理狀態和精神面貌。作者認為，「人的臉大別為二種，一種是令人愉快的，一種是令人不愉快的。」令人愉快的臉，或許很老、很醜，但上面「漾着充沛的活力，便能輻射出神奇的光彩」，令人興奮、愉悅。而「一張眉清目秀的臉，如果懨懨無生氣，我們也只好當做石膏像來看待了。」如此說來，一張臉的美麗與否，動人與否，起決定作用的是這張臉背後的精神風貌和氣質修養。

　　臉雖然受之父母，但是其實自己是可以負責任的，如果內心永遠保持着一份純潔和澄澈，保持着一份樂觀和向上，你的臉自然也是令人喜愛的。而如果心如死灰，或充滿絕望，或心腸歹毒，或全是愁苦，這張臉也是沒有精神、讓人厭煩的。有一張甚麼樣的臉，取決於你有甚麼樣的內心。

　　文中提到的「傑克博士與海德先生」的故事就很耐人尋味。傑克博士與海德先生其實是同一個人的兩張臉，一善一惡，一正一邪。善惡衝突、正邪對立，這兩張臉在同一個人身上自由轉換，也是一個巨大的挑戰和高超的技術。看來，人還是有一張臉為好。有一張還存着赤子之天真的臉對人類的幸福更是大有裨益。

　　我要說的臉譜不是舊劇裏所謂「整臉」、「碎臉」、「三塊瓦」① 之類，也不是麻衣相法裏所謂觀人八法「威、厚、清、古、孤、薄、惡、俗」之類。我要談的臉譜乃是每天都要映入我們眼簾的形形色色的活人的臉。舊戲臉譜和麻衣相法的臉譜，乃是一些聰明人從無數活人臉中歸納出來的幾個類型公式，都是第二手資料，可以不管。

　　古人云：「人心不同，各如其面。」那意思承認人面不同是不成問題的。我們不能不歎服人類創造者的技巧的神奇，差不多的五官七竅，但是部位配合，變化無窮，比七巧板複雜多了。對於甚麼事都講究「統一」、「標準化」的人，看見人的臉如此複雜離奇，恐怕也無法訓練改造，只好由它自然發展罷？假使每一個人的臉都像是從一個模子裏翻出來的，一律的濃眉大眼，一律的虎額龍隼②，在排起隊來檢閱的時候固然甚為壯觀整齊，但不便之處必定太多，那是不可想像的。

　　人的臉究竟是同中有異，異中有同，否則也就無所謂譜。就粗淺的經驗說，人的臉大別為二種，一種是令人愉快的，一種是令人不愉快的。凡是常態的、健康的、活潑的臉，都是令人愉快的，這樣的臉並不多見。令人不愉快的臉，心裏有一點或很多不痛快的事，很自然地把臉拉長一尺，或是罩上一層陰霾③，但是這張臉立刻形成人與人之間

---

①　這三類皆為古代戲曲臉譜中的類型。

②　虎額龍隼，額頭像虎，有猛禽一樣的嘴。隼，一種兇猛的鳥類。

③　陰霾（mái），比喻陰鬱不快的神色。

的隔閡，立刻把這周圍的氣氛變得陰沉。假如，在可能範圍之內，努力把臉上的筋肉鬆弛一下，嘴角上掛出一個微笑，自己費力不多，而給予人的快感甚大，可以使得這人生更值得留戀一些。我永不能忘記那永長不大的孩子潘彼得④，他嘴角上永遠掛着一顆微笑，那是永恆的象徵。一個成年人若是完全保持一張孩子臉，那也並不是理想的事，除了給「嬰兒自己藥片」作商標之外，也不見得有甚麼用處。不過赤子之天真，如在臉上還保留一點痕跡，這張臉對於人類的幸福是有貢獻的。令人愉快的臉，其本身是愉快的，這與老幼妍媸⑤無關。醜一點，黑一點，下巴長一點，鼻樑塌一點，都沒有關係，只要上面漾着充沛的活力，便能輻射出神奇的光彩，不但有光，還有熱，這樣的臉能使滿室生春，帶給人們興奮、光明、調諧、希望、歡欣。一張眉清目秀的臉，如果憮憮無生氣，我們也只好當做石膏像來看待了。

我覺得那是一個很好的遊戲：早起出門，留心觀察眼前活動的臉，看看其中有多少類型，有幾張使你看了一眼之後還想再看？

不要以為一個人只有一張臉。女人不必説，常常「上帝給她一張臉，她自己另造一張」。不塗脂粉的男人的臉，也有「捲簾」一格，外面擺着一副面孔，在適當的時候呱嗒一聲如簾子一般捲起，另露出一副面孔。「傑克博士與海德先

---

④ 潘彼得，即世界著名兒童小説《彼得·潘》的主人公彼得·潘，是個永遠長不大的孩子。

⑤ 妍媸（chī），漂亮或醜陋。妍，漂亮；媸，醜陋。

生⑥」（Dr. Jekyll and Mr. Hyde）那不是寓言。誤入仕途的人往往養成這一套本領。對下司道貌岸然，或是面部無表情，像一張白紙似的，使你無從觀色莫測高深，或是面皮繃得像一張皮鼓，臉拉得驢般長，使你在他面前覺得矮好幾尺！但是他一旦見到上司，驢臉得立刻縮短，再往痛裏一縮，馬上變成柿餅臉，堆下笑容，直線條全彎成曲線條；如果見到更高的上司，連笑容都凝結得堆不下來，未開言嘴脣要抖上好大一陣，臉上作出十足的誠惶誠恐之狀。簾子臉是傲下媚上的主要工具，對於某一種人是少不得的。

不要以為臉和身體其他部分一樣地受之父母，自己負不得責。不，在相當範圍內，自己可以負責的，大概人的臉生來都是和善的，因為從嬰兒的臉看來，不必一定都是顏如渥丹⑦，但是大概都是天真無邪，令人看了喜歡的。我還沒見過一個孩子帶着一副不得善終的臉。臉都是後來自己作踐壞了的，人們多半不體會自己的臉對於別人發生多大的影響。臉是到處都有的。在送殯的行列中偶然發現的哭喪臉，作訃聞紙色，眼睛腫得桃兒似的，固然難看，一行行的囚首垢面的人，如稻草人，如喪家犬，臉上作黃蠟色，像是才從牢獄裏出來，又像是要到牢獄裏去，凸着兩隻沒有神的大眼

---

⑥　傑克博士與海德先生，出自英國著名作家史蒂文森（1850—1894）的小說《化身博士》，主人公傑克博士喝了一種試驗用的藥劑，在晚上化身成邪惡的海德先生四處作惡，有兩副面孔的他，其內心向善的力量和犯罪的快感不斷衝突，令其痛苦不堪。

⑦　顏如渥丹，語出《詩經·秦風·終南》，形容面容紅潤美麗。

睛，看着也令人心酸。還有一大羣心地不夠薄、臉皮不夠厚的人，滿臉泛着平價米色，嘴角上也許還沾着一點平價油，身穿着一件平價布，一臉的愁苦，沒有一絲的笑容，這樣的臉是頗令人不快的。但是這些貧病愁苦的臉還不算是最令人不愉快，因為只是消極得令人心裏堵得慌。而且稍微增加一些營養（如肉糜之類）或改善一些環境，臉上的神情還可以漸漸恢復常態；最令人不快的是一些本來吃得飽，睡得着，紅光滿面的臉，偏偏帶着一股肅殺之氣，冷森森地拒人千里之外，看你的時候眼皮都不抬，嘴撇得瓢兒似的，冷不防抬起眼皮給你一個白眼，黑眼球不知翻到哪裏去了，脖梗子發硬，腦殼朝天，眉頭皺出好幾道熨斗都熨不平的深溝 —— 這樣的神情最容易在官辦的業務機關的櫃枱後面出現。遇見這樣的人，我就覺得惶惑：這個人是不是昨天賭了一夜以致睡眠不足，或是接連着腹瀉三天，或是新近遭遇了甚麼閔凶 [8]，否則何以乖戾至此，連一張臉的常態都不能維持了呢？

[8]　閔凶，憂患凶禍。

畫 展

導讀

　　本文最初刊載於 1944 年 7 月 16 日昆明《中央日報・星期增刊》第 1 版。本文題目為「畫展」，但令讀者揮之不去的，卻是貧弱的畫家形象。他自己的藝術作品展現在世人面前，這本來是件值得驕傲的事。但他卻蓬首垢面坐在屋角裏，「手心上直冒冷汗」，盼望觀畫的「仁人君子解囊救命」。自己的畫作待價而沽時，畫作的本身之優劣，幾乎是不被考慮的。畫找到顧主後，畫家的苦難也並未終結：「他把畫一軸軸地畢恭畢敬地送到顧主府上，而貨價的交割是遙遙無期的。他需要踵門乞討。如果遇到『內有惡犬』的人家，逡巡不敢入，勉強叩門而入，門房的顏色更可怕，先要受盤查，通報之後主人也許正在午睡或是有事不能延見，或是推脱改日再來。」畫展結束後，一片狼藉。檢視之後發現，最豔俗、最沒有藝術水準的畫作卻是最易銷售的。畫家的尷尬與無奈可見一斑，畫家的悲涼與落魄也惹人同情。

　　梁實秋寫這篇文章，實際上是為了呼應當時文壇對貧病藝術家的援助。抗戰時期，王魯彥、萬迪鶴等很多作家死於貧病，張天翼等則長期在死亡線上掙扎。就在本文發表的前一天，中華全國文藝協會為援助貧病作家，在《新華日報》刊登《發起籌募援助貧病作家基金緣起》啟事，描述了當時作家、藝術家的慘狀：「抗戰七年，文藝界同人堅守崗位，為抗建之宣傳，勖軍民人人忠勇，未曾少懈。近三年來，生活倍加艱苦，稿酬日益低微，於是因貧而病，因病而更貧，或呻吟於病榻，或慘死於異鄉，臥病則全家斷炊，死亡則妻小同棄。」本文中的「畫家」，正是無數的貧病作家之一分子。

我參觀畫展，常常感覺悲哀。大抵一個人不到山窮水盡的時候，不肯把他所能得到的友誼一下子透支淨盡，所以也就不會輕易開畫展。門口橫掛着一條白布，如果把上面的「畫展」二字掩住，任何人都會疑心是追悼會。進得門去「一片縞素」，仔細一看，是一幅幅的畫，三三兩兩的來賓在那裏指指點點，吱吱喳喳，有的苦笑，有的撇嘴，有的愁眉苦臉，有的擠眉弄眼，大概總是面帶戚容者居多。屋角裏坐着一個蓬首垢面的人，手心上直冒冷汗，這一位大概就是精通六法[①]的畫家。好像不是欣賞藝術的地方，而是仁人君子解囊救命的地方。這一幅像八大[②]，那一幅像石濤[③]，幅幅後面都隱現着一個面黃肌瘦、嗷嗷待哺的人影，我覺得慘。

　　任憑你參觀的時候是多麼早，總有幾十幅已經標上了紅籤，表示已被人賞鑒而訂購了。可能是真的。因為現在世界上是有一種人，他有力量造起亭台樓閣，有力量設備天棚、魚缸、石榴樹、肥狗、胖丫頭，偏偏白汪汪的牆上缺少幾幅畫。這種人很聰明，他的品位是相當高的，他不肯在大廳上掛起福祿壽三星，也不肯掛劉海戲金蟾[④]，因為這是他心裏早

---

① 六法，中國畫的系統總結，是品評人物畫的六項標準，即氣韻生動、骨法用筆、應物象形、隨類賦彩、經營位置、傳移模寫。

② 八大，即八大山人，原名朱耷（約 1626—約 1705），明朝宗室，明末清初畫家，善畫花鳥。

③ 石濤（1630—1724），明末清初畫家，善畫山水、花卉。

④ 劉海戲金蟾，民間傳說，一個勤勞善良的青年劉海受到狐仙的提點，跨上井中的一隻金蟾而飛入空中，羽化成仙的故事。

已有的，一閉眼就看得清清楚楚，用不着再掛在面前，他要的是近似四王吳惲⑤甚至元四大家⑥之類的貨色。這一類貨色是任何畫展裏都不缺乏的，所以我說那些紅籤可能是真的，雖然是在開幕以前即已成交。不過也不一定全是真的。第一天三十個紅籤，如果生意興隆，有些紅籤是要趕快取下的，免得耽誤了真的顧主，所以第二天就許只剩下二十個紅籤，千萬不要以為有十個懸崖勒馬的人又退了貨。

一幅畫如何標價，這雖不見於六法，確是一種藝術。估價要根據成本，此乃不易之論。紙張的質料與尺寸，一也；顏料的種類與分量，二也；裱褙的款式與工料，三也；繪製所用之時間與工力，四也；題識⑦者之身份與官階，五也；——這是全要考慮到的，至於畫的本身之優劣，可不具論。於成本之外應再加多少盈利，這便要看各人心地之薄與臉皮之厚到如何程度了。但亦有兩個學說：一個是高抬物價，一幅枯樹牛山，硬標上驚人的高價，觀者也許咋舌，但是誰也不願對風雅顯着外行，他至少也要讚歎兩聲，認為是神來之筆，如果一時糊塗就許訂購而去；一個是廉價多賣，在求人們訂購的時候比較地易於啟齒而不太傷感情。

---

⑤ 四王吳惲，即清初六位畫家王時敏、王鑑、王原祁、王翬、吳歷、惲壽平的簡稱。他們的繪畫曾被認為是清代畫史上的正統派。

⑥ 元四大家，元代四位重要畫家趙孟頫、黃公望、王蒙、吳鎮的簡稱。也有一說應為黃公望、王蒙、吳鎮、倪瓚四人。

⑦ 題識（zhì），在書畫的前後寫上文字，內容多為品評、鑒賞、考訂、記事等。

畫展閉幕之後，畫家的苦難並未終止。他把畫一軸軸地畢恭畢敬地送到顧主府上，而貨價的交割是遙遙無期的。他需要踵門[8]乞討。如果遇到「內有惡犬」的人家，逡巡[9]不敢入，勉強叩門而入，門房的顏色更可怕，先要受盤查，通報之後主人也許正在午睡或是有事不能延見，或是推脫改日再來，這時節他不能急，他要隱忍，要有藝術家的修養。幾曾看見過油鹽店的夥計討賬敢於發急？

　　畫展結束之後，檢視行篋[10]，賣出去的是哪些，剩下的是哪些，大概可得如下之結論：着色者易賣，山水中有人物者易賣，花卉中有翎毛者易賣，工細而繁複者易賣，霸悍粗獷，嚇人驚俗者易賣，章法奇特而狂態可掬者易賣，有大人先生品題者易賣。總而言之，有賣相者易於脫手，無賣相者便「只供自怡悅」了。繪畫藝術的水準就在這買賣之間無形中被規定了，下次開畫展的時候，多點石綠，多潑胭脂，山水裏不要忘了畫小人兒，「空亭不見人」是不行的，花卉裏別忘了畫隻鳥兒，至少也要是一隻螳螂即了，要細皴細點[11]，要迴環曲折，要有層巒疊嶂，要有亭台樓閣，用大筆，用枯墨，一幅山水可以畫得天地頭不留餘地，五尺捶宣也可以描上三朵梅花而盡是空白。在畫法上是之謂神來，在畫展裏是之謂成功。

名家散文必讀系列‧梁實秋

---

⑧　踵（zhǒng）門，親自來到。
⑨　逡（qūn）巡，有所顧慮而徘徊或不敢前進。
⑩　篋（qiè），小箱子。
⑪　細皴（cūn）細點，仔細繪畫。皴、點，都是繪畫技法。

有人以為畫展之事是附庸風雅，無補時艱。我倒不這樣想。寫字、刻印以及辭章考證，哪一樣又有補時艱？畫展只是一種市場，有無相易，買賣自由，不愧於心，無傷大雅。我怕的是，「蜀山圖」裏畫上一輛卡車，「寒林圖」裏畫上一架飛機。

客

本文初刊載於 1944 年 7 月 23 日昆明《中央日報‧星期增刊》。

「有朋自遠方來，不亦樂乎？」但是本文卻偏偏寫了來拜訪的客人帶給自己的困擾，有些客人尤不知趣，讓主人非常無奈：「如果你枯坐不語，他也許發表長篇獨白」；「如果你暗示你有事要走，他也許表示願意陪你一道走」；「如果你問他有無其他的事情見教，他也許乾脆告訴你來此只為閒聊天」；「如果你表示正在為了甚麼事情忙，他會勸你多休息一下」；「如果你一遍一遍地給他斟茶，他也許就一碗一碗地喝下去而連聲說『主人別客氣』」。

本文對這個「客人」形象的描寫活靈活現，躍然紙上，令人捧腹不已。但我們仔細一回味，又覺得入木三分、觀察入微。我們在日常生活中常常遇到這樣的人，這也難怪主人會把客人分為若干流品了。「物以類聚，人以羣分」，最愜意的主客間充滿默契、心有靈犀。作者最為欣賞宋代詩人趙師秀的兩句詩：「有約不來過夜半，閒敲棋子落燈花。」稱「那種境界我覺得最足令人低徊」。來客最好是主人歡迎的，而且最好能讓主人思念不已，至於不速之客，還是別來為妙。這篇作品也讓我們三思，我們是否也屬於那種不被歡迎的客人？

「只有上帝和野獸才喜歡孤獨。」上帝吾不得而知之，至於野獸，則據說成羣結黨者多，真正孤獨者少。我們凡人，如果身心健全，大概沒有不好客的。以喜歡幽獨著名的Thoreau[①]，他在樹林裏也給來客安排得舒舒帖帖。我常幻想着「風雨故人來」的境界，在風颯颯雨霏霏的時候，心情枯寂，百無聊賴，忽然有客扣扉，把握言歡，莫逆於心，來客不必如何風雅，但至少第一不談物價升降，第二不談宦海浮沉，第三不勸我保險，第四不勸我信教，乘興而來，興盡即返，這真是人生一樂。但是我們為客所苦的時候也頗不少。

很少的人家有門房，更少的人家有拒人千里之外的閽者[②]，門禁既不禁嚴，來客當然無阻，所以私人居處，等於日夜開放。有時主人方在廁上，客人已經升堂入室，迴避不及，應接無術，主人鞠躬如也，客人呆若木雞。有時主人方在用飯，而高軒賁止[③]，便不能不效周公之「一飯三吐哺」，但是來客並無歸心，只好等送客出門之後再補充些殘羹剩飯。有時主人已經就枕，而不能不倒屣相迎[④]。一天二十四小時之內，不知客人何時入侵，主動在客，防不勝防。

在西洋所謂客者是很稀罕的東西。因為他們辦公有辦

---

① Thoreau，即梭羅（1817—1862），美國著名作家、哲學家，曾獨居瓦爾登湖畔，寫出了著名的散文集《瓦爾登湖》。

② 閽（hūn）者，看門的人。

③ 高軒賁止，即尊貴的客人來臨。

④ 倒屣相迎，為了迎接客人，把鞋子都穿反了，用來比喻熱情迎接賓客。屣，木屐。

公的地點，娛樂有娛樂的場所，住家專做住家之用。我們的風俗稍為不同一些。辦公、打牌、吃茶、聊天都可以在人家的客廳裏隨時舉行的。主人既不能在座位上遍置針氈，客人便常有如歸之樂。從前官場習慣，有所謂端茶送客之說，主人覺得客人應該告退的時候，便舉起蓋碗請茶，那時節一位訓練有素的豪僕在旁一眼瞥見，便大叫一聲「送客！」另一人把門簾高高打起，客人除了告辭之外，別無他法。可惜這種經濟時間的良好習俗，今已不復存在，而且這種辦法也只限於官場，如果我在我的小小客廳之內端起茶碗，由荊妻[5]稚子在旁嚶然一聲「送客」，我想客人會要疑心我一家都發瘋了。

客人久坐不去，驅禳[6]至為不易。如果你枯坐不語，他也許發表長篇獨白，像個垃圾口袋一樣，一碰就泄出一大堆，也許一根一根的紙煙不斷地吸着，靜聽掛鐘滴答滴答地響。如果你暗示你有事要走，他也許表示願意陪你一道走。如果你問他有無其他的事情見教，他也許乾脆告訴你來此只為閒聊天。如果你表示正在為了甚麼事情忙，他會勸你多休息一下。如果你一遍一遍地給他斟茶，他也許就一碗一碗地喝下去而連聲說「主人別客氣」。鄉間迷信，惡客盤踞不去時，家人可在門後置一掃帚，用針頻頻刺之，客人便會

---

⑤　荊妻，妻子。在古代，「拙荊」被用來謙稱自己的妻子。

⑥　驅禳（ráng），驅邪禳災，這裏指趕客人走。禳，祈禱消除災殃的祭祀。

覺得有刺股之痛，坐立不安而去。此法有人曾經實驗，據云無效。

「茶，泡茶，泡好茶；坐，請坐，請上坐。」出家人猶如此勢利，在家人更可想而知。但是為了常遭客災的主人設想，茶與座二者常常因客而異，蓋亦有說。凡好牛飲之客，自不便奉以「水仙」、「雲霧」，而精研茶經之士，又斷不肯嘗試那「高末」、「茶磚」[7]。茶鹵加開水，渾渾滿滿一大盅，上面泛着白沫如啤酒，或漂着油彩如汽油，這固然令人噁心，但是如果名茶一盞，而客人並不欣賞，輕呷一口，盅緣上並不留下芬芳，留之無用，棄之可惜，這也是非常討厭之事。所以客人常被分為若干流品，有能啟用平凡主人自己捨不得飲用的好茶者，有能享受主人自己日常享受的中上茶者，有能大量取用茶沖開水者，饗以「玻璃」者是為未入流。至於座處，自以直入主人的書房繡闥[8]者為上賓，因為屋內零星物件必定甚多，而主人略無防閑之意，於親密之中尚含有若干敬意，做客至此，毫無遺憾；次焉者廊前簷下隨處接見，所謂班荊道故[9]，了無痕跡；最下者則肅入客廳，屋內只有桌椅板凳，別無長物，主人着長袍而出，寒暄就

---

[7] 「水仙」、「雲霧」，皆為高級茶葉；而「高末」、「茶磚」，皆為劣等茶葉。

[8] 繡闥（tà），裝飾華麗的門。

[9] 班荊道故，用荊鋪在地上，坐在上面說過去的事情，形容老朋友在路上碰到後，坐下來聊天的親密場景。班，鋪開；道，敍說。

座，主客均客氣之至。在廚房後門佇立而談者是為未入流。我想此種差別待遇，是無可如何之事，我不相信孟嘗[10]門客三千而待遇平等。

人是永遠不知足的。無客時嫌岑寂，有客時嫌煩囂，客走後掃地抹桌又另有一番冷落空虛之感。問題的癥結全在於客的素質。如果素質好，則未來時想他來，既來了想他不走，既走想他再來；如果素質不好，未來時怕他來，既來了怕他不走，既走怕他再來。雖說物以類聚，但不速之客甚難預防。「有約不來過夜半，閒敲棋子落燈花」[11]，那種境界我覺得最足令人低徊。

---

[10] 孟嘗，即孟嘗君田文，戰國時期齊國人，戰國時期四公子之一。據說有門客三千人。

[11] 此二句出自宋代詩人趙師秀（1170—1219）的《約客》。

孩子

導讀

本文最初發表於 1940 年 11 月 22 日《星期評論》第 12 期。編者劉英士在《最後的補白》中說:「子佳先生這篇《孩子》,寫得非常精彩,凡孝其子或其女的父母,都應當細心閱讀一遍;深自警惕。」文章寫了作者教育孩子的觀點,對當時社會上流行的「孝子」——父母孝敬孩子的現象進行了抨擊。

梁實秋本人在生活中對孩子要求就很嚴格。女兒梁文茜小時候在白牆上塗了一個黑色的十字,梁實秋發現後,「勃然大怒,令我罰跪不起,責之以杖」。這件事後,文茜「始終不敢在牆上題『××到此一遊』的墨跡,看見別人亂塗,我也下意識地聯想到嚴父的竹手杖。此之謂家教。」在梁實秋看來,對孩子不能一味溺愛,規矩和好的品行的養成都與父母的管教離不開。「孩子不需管教,小時恣肆些,大了自然會好。可是彎曲的小樹,長大是否會直呢?」這個問題值得所有人考慮。

梁實秋的散文充滿了風趣幽默,有學者認為:「反語修辭是梁實秋建立幽默場,表現閒適個性最常用的話語模式。」而梁實秋自己對反語也有過解釋:「所謂反語,即是字面上的解釋與作者實在的意向正好相反的話。明明是恭維,實際是挖苦;明明是斥責,實際是頌揚。」像本文的「以前的『孝子』是孝順其父母之子,今之所謂『孝子』乃是孝順其孩子之父母。孩子是一家之主,父母都是孝他!」就是反語。

蘭姆[①]是終身未娶的，他沒有孩子，所以他有一篇《未婚者的怨言》收在他的《伊利亞隨筆》裏。他說孩子沒有甚麼稀奇，等於陰溝裏的老鼠一樣，到處都有，所以有孩子的人不必在他面前炫耀。他的話無論是怎樣中肯，但在骨子裏有一點酸 —— 葡萄酸。

　　我一向不信孩子是未來世界的主人翁，因為我親見孩子到處在做現在的主人翁。孩子活動的主要範圍是家庭，而現代家庭很少不是以孩子為中心的。一夫一妻不能成為家，沒有孩子的家像是一株不結果實的樹，總缺點甚麼；必定等到小寶貝呱呱墮地，家庭的柱石才算放穩，男人開始做父親，女人開始做母親，大家才算找到各自的崗位。我問過一個並非「神童」的孩子：「你媽媽是做甚麼的？」他說：「給我縫衣的。」「你爸爸呢？」小寶貝翻翻白眼：「爸爸是看報的！」但是他隨即更正說：「是給我們掙錢的。」孩子的回答全對。爹媽全是在為孩子服務。母親早晨喝稀飯，買雞蛋給孩子吃；父親早晨吃雞蛋，買魚肝油精給孩子吃。最好的東西都要獻呈給孩子，否則，做父母的心裏便起惶恐，像是做了甚麼大逆不道的事一般。孩子的健康及其舒適，成為家庭一切設施的一個主要先決問題。這種風氣，自古已然，於今為烈。自有小家庭制以來，孩子的地位頓時提高，以前的「孝子」是孝順其父母之子，今之所謂「孝子」乃是孝順其

---

① 　蘭姆（1775—1834），英國散文家，《伊利亞隨筆》中主要收錄的是他關於人生的一些評論。

孩子之父母。孩子是一家之主，父母都是孝他！

「孝子」之說，並不偏激，我看見過不少的孩子，鼓噪起來能像一營兵；動起武來能像械鬥；吃起東西來能像餓虎撲食；對於尊長賓客有如生番[②]；不如意時撒潑打滾有如羊癇；玩得高興時能把家具什物狼藉滿室，有如慘遭洗劫……但是「孝子」式的父母則處之泰然，視若無睹，頂多皺起眉頭，但皺不過三四秒鐘仍復堆下笑容。危及父母的生存和體面的時候，也許要狠心咒罵幾聲，但那咒罵大部分是哀怨乞憐的性質，其中也許帶一點威嚇，但那威嚇只能得到孩子的訕笑，因為那威嚇是向來沒有兌現過的。「孟懿子問孝，子曰：『無違。』」[③] 今之「孝子」深韙[④] 是說。凡是孩子的意志，為父母者宜多方體貼，勿使稍受挫阻。近代兒童教育心理學者又有「發展個性」之說，與「無違」之說正相符合。

體罰之制早已被人唾棄，以其不合兒童心理健康之故。我想起一個外國的故事：

一個母親帶孩子到百貨商店。經過玩具部，看見一匹木馬，孩子一躍而上，前搖後擺，躊躇滿志，再也不肯下來。那木馬不是為出售的，是商店的陳設。店員們叫孩子下來，孩子不聽；母親叫他下來，加倍不聽；母親說帶他吃冰淇淋去，依然不聽；買朱古力糖去，格外不聽。任憑許下甚麼

② 生番，舊時對開化較晚的民族的蔑稱。

③ 此句出自《論語》，意思是說「孝」就是不違背父母的意願。

④ 韙（wěi），對，此處是指認為其正確。

願，總是還你一個不聽；當時演成僵局，頓成膠着狀態。最後一位聰明的店員建議說：「我們何妨把百貨商店特聘的兒童心理學專家請來解圍呢？」眾謀僉同，於是把一位天生成有教授面孔的專家從八層樓請了下來。專家問明原委，輕輕走到孩子身邊，附耳低聲，說了一句話，那孩子便像觸電一般，滾鞍落馬，牽着母親的衣裙，倉皇遁去。事後有人問那專家到底對孩子說的是甚麼話，那專家說：「我說的是：『你若不下馬，我打碎你的腦殼！』」

這專家真不愧為專家，但是頗有不孝之嫌。這孩子假如平常受慣了不兌現的體罰、威嚇，則這專家亦將無所施其技了。約翰遜博士[5]主張不廢體罰，他以為體罰的妙處在於直截了當，然而約翰遜博士是十八世紀的人，不合時代潮流！

哈代有一首小詩，寫孩子初生，大家譽為珍珠寶貝，稍長都誇做玉樹臨風，長成則為非作歹，終至於陳屍絞架。這老頭子未免過於悲觀。但有「幼有神童之譽，少懷大志，長而無聞，終乃與草木同朽」——這確是個可以普遍應用的公式。「小時聰明，大時未必了了。」究竟是知言，然而為父母者多屬樂觀。孩子才能騎木馬，父母便幻想他將來指揮十萬貔貅[6]時之馬上雄姿；孩子才把一曲抗戰小歌哼得上

---

[5] 約翰遜博士，即塞繆爾·約翰遜（1709—1784），英國歷史上最有名的文人之一，集文學評論家、詩人、散文家、傳記家於一身，曾獨力編出《約翰遜字典》，被尊稱為「博士」。

[6] 貔貅（pí xiū），古書上說的一種野獸，這裏比喻勇猛的軍隊。

口，父母便幻想他將來喉聲一囀，彩聲雷動時的光景；孩子偶然撥動算盤，父母便暗中揣想他將來或能掌握財政大權，同時兼營投機買賣⋯⋯這種樂觀往往形諸言語，成為炫耀，使旁觀者有說不出的感想。曾見一幅漫畫：一個孩子跪在他父親的膝頭，用他的玩具敲打他父親的頭，父親眯着眼在笑，那表情像是在宣告：「看看！我的孩子！多麼活潑，多麼可愛！」旁邊坐着一位客人咧着大嘴做傻笑狀，表示他在看着，而且感覺興趣，這幅畫的標題是「演劇術」。一個客人看着別人家的孩子而能表示感覺興趣，這真確實需要良好的「演劇術」。蘭姆顯然是不歡喜演這樣的戲。

　　孩子中之比較最蠢，最懶，最刁，最潑，最醜，最弱，最不討人歡喜的，往往最得父母的鍾愛。此事似頗費解，其實我們應該記得《西遊記》中唐僧為甚麼偏偏歡喜豬八戒。

　　諺云：「樹大自直。」意思是說孩子不需管教，小時恣肆些，大了自然會好。可是彎曲的小樹，長大是否會直呢？我不敢說。

中年

導讀

本文最初發表於 1947 年 1 月 4 日《世紀評論》第 1 期。

梁實秋生於 1903 年，時年 44 歲，正值中年。中年人身體變化明顯，「額上刻了橫紋，那線條是顯明而有力」，「鬢角上發現幾根白髮」，尤其是女人，身體上的肉「好像最禁不起地心的吸力，一到中年便一齊鬆懈下來往下堆攤，成堆的肉掛在臉上，掛在腰邊，掛在踝際」。面部也起了明顯的變化，「從『魚尾』起皺紋撒出一面網，縱橫輻輳，疏而不漏，把臉逐漸織成一幅鐵路線最發達的地圖，臉上的皺紋已經不是熨斗所能燙得平的，同時也不知怎麼在皺紋之外還常常加上那麼多的蒼蠅屎。」

中年人的身體狀況雖然在走下坡路，但是決定一個人是否在走下坡路的並不是他的年紀，而是精氣神兒，是心態。作者說：「別以為人到中年，就算完事。不。」中年有中年的樂趣和驕傲。「中年的妙趣，在於相當地認識人生，認識自己」，並且比起年輕人來，中年人有獨特的優勢：惟有「中年的演員才能擔得起大出的軸子戲，只因他到中年才能真懂得戲的內容。」作者所抒寫的這種積極向上的人生精神，值得我們學習。

　　鐘錶上的時針是在慢慢地移動着的，移動得如此之慢，使你幾乎不感覺到它的移動；人的年紀也是這樣的，一年又一年，總有一天會驀然一驚，已經到了中年，到這時候大概有兩件事使你不能不注意：訃聞不斷地來，有些性急的朋友已經先走一步，很殺風景；同時又會忽然覺得一大批一大批的青年小夥子在眼前出現，從前也不知是在甚麼地方藏着的，如今一齊在你眼前搖晃，磕頭碰腦的盡是些昂然闊步、滿面春風的角色，都像是要去吃喜酒的樣子。自己的夥伴一個個地都入蟄[1]了，把世界交給了青年人。所謂「耳畔頻聞故人死，眼前但見少年多」[2]，正是一般人中年的寫照。

　　從前雜誌背面常有「韋廉士紅色補丸」的廣告，畫着一個憔悴的人，弓着身子，手拊在腰上，旁邊注着「圖中寓意」四字。那寓意對於青年人是相當深奧的。可是這幅圖畫卻常在一般中年人的腦裏湧現，雖然他不一定想吃「紅色補丸」，那點寓意他是明白的了。一根黃松的柱子，都有彎曲傾斜的時候，何況是二十六塊碎骨頭拼湊成是一條脊椎？年輕人沒有不好照鏡子，在店鋪的大玻璃窗前照一下都是好的，總覺得大致上還有幾分姿色。這顧影自憐的習慣逐漸消失，以至於有一天偶然攬鏡，突然發現額上刻了橫紋，那線條是顯明而有力，像是吳道子的「蓴菜描」[3]，心想那是抬頭

---

[1]　入蟄（zhé），像動物冬眠一樣不見了，此處指去世。

[2]　此句出自白居易的《悲歌》。

[3]　吳道子（約 680—759），唐代著名畫家。「蓴菜描」是吳道子繪畫的技法之一，用來畫線條。

紋，可是低頭也還是那樣。再一細看，頭頂上的頭髮有搬家到腮旁頷下的趨勢，而最令人觸目驚心的是，鬢角上發現幾根白髮，這一驚非同小可，平夙一毛不拔的人到這時候也不免要狠心地把它拔去，拔毛連茹④，頭髮根上還許帶着一顆鮮亮的肉珠，但是沒有用，歲月不饒人！

　　一般的女人到了中年，更着急。哪個年輕女子不是飽滿豐潤得像一顆牛奶葡萄，一彈就破的樣子？哪個年輕女子不是玲瓏矯健得像一隻燕子，跳動得那麼輕靈？到了中年，全變了，曲線部還存在，但滿不是那麼回事，該凹入的部分變成了凸出，該凸出的部分變成了凹入，牛奶葡萄要變成為金絲蜜棗，燕子要變鵪鶉。最暴露在外面的是一張臉，從「魚尾」起皺紋撒出一面網，縱橫輻輳⑤，疏而不漏，把臉逐漸織成一幅鐵路線最發達的地圖，臉上的皺紋已經不是熨斗所能燙得平的，同時也不知怎麼在皺紋之外還常常加上那麼多的蒼蠅屎⑥。所以脂粉不可少，除非糞土之牆，沒有不可杇⑦的道理。在原有的一張臉上再罩上一張臉，本是最簡便的事，不過在上妝之前、下妝之後容易令人聯想起《聊齋志異》的

---

④　拔毛連茹，這裏指拔起頭髮，髮根和頭皮互相牽連的樣子。

⑤　輻輳（còu），形容人或物像車輻集中於車轂一樣聚集。

⑥　蒼蠅屎，指中年婦女臉上的皮膚出現斑點。

⑦　出自《論語》「糞土之牆不可杇也」的典故。意即糞土做成的牆，不能在上面粉刷。杇（wū），粉刷。

那一篇《畫皮》[8]而已。女人的肉好像最禁不起地心的吸力，一到中年便一齊鬆懈下來往下堆攤，成堆的肉掛在臉上，掛在腰邊，掛在踝際。聽說有許多西洋女子用擀麵杖似的一根棒子早晚渾身亂搓，希望把浮腫的肉壓得結實一點，又有些人乾脆，忌食脂肪，忌食澱粉，紮緊褲帶，活生生地把自己「餓」回青春去。有多少效果，我不知道。

別以為人到中年，就算完事。不。譬如登臨，人到中年像是攀躋[9]到了最高峯。回頭看看，一串串的小夥子正在「頭也不回呀汗也不揩」地往上爬，再仔細看看，路上有好多塊絆腳石，曾把自己磕碰得鼻青臉腫，有好多處陷阱，使自己做了若干年的井底蛙。回想從前，自己做過撲燈蛾，惹火焚身；自己做過撞窗戶紙的蒼蠅，一心想奔光明，結果落在黏蒼蠅的膠紙上！這種種景象的觀察，只有站在最高峯上才有可能，向前看，前面是下坡路，好走得多。

施耐庵《水滸》序云：「人生三十未娶，不應再娶；四十未仕[10]，不應再仕。」其實「娶」、「仕」都是小事，不娶不仕也罷，只是這種說法有點中途棄權的意味，西諺云：「人的生活在四十才開始。」好像四十以前，不過是幾齣配戲，好戲都在後面。我想這與健康有關。吃窩頭米糕長大的

---

[8]　《畫皮》，清代小說家蒲松齡（1640—1715）寫的《聊齋志異》中的一篇。一個惡鬼披上一張漂亮的人皮就變成美女，每晚都要把人皮揭下來，細細地為其化妝。

[9]　躋（jī），登，上升。

[10]　仕，做官。

人，拖到中年就算不易，生命力已經蒸發殆盡，這樣的人焉能再娶？何必再仕？服「維他賜保命」都嫌來不及了。我看見過一些得天獨厚的男男女女，年輕的時候愣頭愣腦的，濃眉大眼，生僵挺硬，像是一些又青又澀的毛桃子，上面還帶着挺長的一層毛。他們是未經琢磨過的璞石。可是到了中年，他們變得潤澤了，容光煥發，腳底下像是有了彈簧，一看就知道是內容充實的。他們的生活像是在飲窖藏多年的陳釀，濃而芳冽！對於他們，中年沒有悲哀。

四十開始生活，不算晚，問題在「生活」二字如何詮釋。如果年屆不惑，再學習溜冰、踢毽子、放風箏，「偷閒學少年」，那自然有如秋行春令，有點勉強。半老徐娘，留着「劉海」，躲在茅房裏穿高跟鞋當做踩高蹺地練習走路，那也是慘事。中年的妙趣，在於相當地認識人生，認識自己，從而做自己所能做的事，享受自己所能享受的生活。科班的童伶宜於唱全本的大武戲，中年的演員才能擔得起大出的軸子戲，只因他到中年才能真懂得戲的內容。

老年

　　老年是每個人都避免不了的人生狀態。比起中青年，老年的面貌發生了很大的變化。頭髮「由黑而黃，而灰，而斑，而毛毛然，而稀稀落落，而牛山濯濯，活像一隻禿鷲」。牙齒「不是熏得焦黃，就是裂着罅隙，再不就是露出七零八落的豁口」。「臉上的肉七稜八瓣，而且還平添無數雀斑，有時排列有序如星座，這個像大熊，那個像天蠍」。進入老年，整個身體是一種衰敗的風燭殘年的狀態，讓人感覺無限傷感。一般人也會歎息年華易逝，青春不再。但是「人生如遊山」，老年有老年的獨特和寶貴之處。正如梁實秋所說：「年輕的男男女女攜着手兒陟彼高岡，沿途有無限的賞心樂事，興會淋漓，也可能遇到一些挫沮，歧路躭徨，不過等到日雲暮矣，互相扶持着走下山岡，卻正別有一番情趣。」

　　老年人有老年人該做之事，有老年人的樂趣。梁實秋本人的老年生活就很有意義。作家馬逢華說，梁實秋在 72 歲之後，還維持了相當的健康，「散文和學術著作源源而來，陸續出版了十幾本書，包括大部頭的《英國文學史》在內」。

時間走得很停勻，說快不快，說慢不慢。不知從甚麼時候起，在宴會中總是有人簇擁着你登上座，你自然明白這是離入祠堂之日已不太遠。上下台階的時候常有人在你肘腋處狠狠地攙扶一把，這是提醒你，你已到達了杖鄉杖國的高齡，怕你一跤跌下去，摔成好幾截。黃口小兒一晃的功夫就躥高好多，在你眼前跌跌踸踸①地跑來跑去，喊着阿公阿婆，這顯然是在催你老。

　　其實人之老也，不需人家提示。自己照照鏡子，也就應該心裏有數。烏溜溜毛氈氈②的頭髮哪裏去了？由黑而黃，而灰，而斑，而耄耄③然，而稀稀落落，而牛山濯濯④，活像一隻禿鶖⑤。瓠犀⑥一般的牙齒哪裏去了？不是熏得焦黃，就是裂着罅隙，再不就是露出七零八落的豁口。臉上的肉七稜八瓣，而且還平添無數雀斑，有時排列有序如星座，這個像大熊，那個像天蠍。下巴頦兒底下的垂肉變成了空口袋，捏着一揪，兩層鬆皮久久不能恢復原狀。兩道濃眉之間有毫毛秀出，像是麥芒，又像是兔鬚。眼睛無端淌淚，有時眼角上還會分泌出一堆堆的桃膠凝聚在那裏。總之，老與醜是不可

----

① 踸（zhí），踏。
② 氈（sān）氈，形容毛髮、枝條等細長的樣子。
③ 耄（mào），指八九十歲的年紀，泛指老年。
④ 牛山濯（zhuó）濯，形容山上光禿禿的，沒有樹木。此處形容頭髮稀少。
⑤ 禿鶖（qiū），古書上說的一種水鳥，頭和頸上都沒有毛。
⑥ 瓠（hù）犀，瓠瓜的子，因排列整齊，色澤潔白，所以常用來比喻美女的牙齒。

分的。《爾雅》:「黃髮、齯齒、鮐背、耇老,壽也。」[7]壽自管壽,醜還是醜。

老的徵象還多的是。還沒有喝忘川水[8],就先善忘。文字過目不旋踵[9]就飛到九霄雲外,再翻尋有如海底撈針。老友幾年不見,覿面[10]說不出他的姓名,只覺得他好生面善。要辦事超過三件以上,需要結繩,又怕忘了哪一個結代表哪一樁事,如果筆之於書,又可能忘記備忘錄放在何處。大概是腦髓用得太久,難免漫漶[11],印象當然模糊。目視茫茫,眼鏡整天價戴上又摘下,摘下又戴上。兩耳聾聵,無以與乎鐘鼓之聲,倒也罷了,最難堪是人家說東你說西。齒牙動搖,咀嚼的時候像反芻,而且有時候還需要戴圍嘴。至於登高腿軟,久坐腰疼,睡一夜渾身關節滯澀,而且睜着大眼睛等天亮,種種現象不一而足。

老不必歎,更不必諱。花有開有謝,樹有榮有枯。桓溫看到他「種柳皆已十圍,慨然曰:『木猶如此,人何以堪!』

---

[7] 頭髮黃,牙齒落盡後長出新牙,背像魚一樣,是年老、長壽的象徵。齯(ní),老年人牙齒落盡後重生的細齒,古時作為長壽的象徵。鮐(tái),一種魚。耇(gǒu),年老,長壽。

[8] 忘川水,中國神話傳說中人死後要經黃泉路進入冥府,在黃泉路和冥府之間有一條河叫忘川,飲了其中的水,陽間的一切便都忘記了。

[9] 旋踵(zhǒng),把腳後跟轉過來,比喻時間極短。

[10] 覿(dí)面,當面,迎面。

[11] 漫漶(huàn),文字、圖像等因磨損或浸水受潮而模糊不清。

攀枝執條，泫然流淚。」[12]桓公是一個豪邁的人，似乎不該如此。人吃到老，活到老，經過多少狂風暴雨、驚濤駭浪，還能雙肩承一喙[13]，俯仰天地間，應該算是幸事。榮啟期說，「人生有不見日月不免襁褓者」[14]，所以他行年九十，認為是人生一樂。歎也無用，樂也無妨，生、老、病、死，原是一回事。有人諱言老，算起歲數來斤斤計較按外國演算法還是按中國演算法，好像從中可以討到一年便宜。更有人老不歇心，怕以皤皤華首[15]見人，偏要染成黑頭。半老徐娘，駐顏無術，乃乞靈於整容郎中化妝師，隆鼻準[16]，抽脂肪，掃青黛眉，眼眶[17]塗成兩個黑窟窿。「物老為妖，人老成精。」人老也就罷了，何苦成精？

老年人該做老年事，冬行春令實是不祥。西塞羅[18]說：「人無論怎樣老，總是以為自己還可以再活一年。」是的，這願望不算太奢。種種方面的人欠欠人，正好及時做個了

---

[12]　桓溫（312—373），東晉著名的軍事家。他扶柳感慨的情節是常被人引用的一個關於「柳」的典故，用來表達對時光流逝、歲月無情的傷感。

[13]　喙，嘴。雙肩承一喙，意即還活着。

[14]　榮啟期（前 571—前 474），春秋時期的隱士。引用的這句話的意思是說有很多人一生下來，未出襁褓就死了。

[15]　皤（pó）皤華首，頭髮花白的樣子。皤，白。

[16]　鼻準，鼻樑。

[17]　眼眶（yá），眼眶。

[18]　西塞羅（前 106—前 43），古羅馬著名政治家、演說家、法學家和哲學家。

結。賢者識其大，不賢者識其小，各有各的算盤，大主意自己拿。最低限度，別自尋煩惱，別礙人事，別討人嫌。「有人問莎孚克利斯[19]，年老之後還有沒有戀愛的事，他回答得好：『上天不准！我好容易逃開了那種事，如逃開兇惡的主人一般。』」這是說，老年人不再追求那花前月下的旖旎風光，並不是說老年人就一定如槁木死灰一般的枯寂。人生如遊山，年輕的男男女女攜着手兒陟彼高岡[20]，沿途有無限的賞心樂事，興會淋漓，也可能遇到一些挫沮，歧路齮徨[21]，不過等到日雲暮矣，互相扶持着走下山岡，卻正別有一番情趣。白居易睡覺詩：「老眠早覺常殘夜，病力先衰不待年。五慾已銷諸念息，世間無境可勾牽。」話是很灑脫，未免淒涼一些。五慾指財、色、名、飲食、睡眠。五慾全銷，並非易事，人生總還有可留戀的在。江州司馬淚濕青衫[22]之後，不是也還未能忘情於詩酒麼？

---

[19] 莎孚克利斯，即古希臘戲劇家索福克勒斯，著有名劇《俄狄浦斯王》等，擅寫悲劇。

[20] 陟彼高岡，登上高山。陟，登。彼，代詞。岡，山岡。

[21] 齮（hé）徨，彷徨。

[22] 語出白居易《琵琶行》「江州司馬青衫濕」，比喻人傷心落淚。

代溝

導讀

　　在現代社會，娛樂方式、日常用品和流行文化的更新速度越來越快，相差三歲，興趣愛好、思想觀念也許就會截然不同，人們常常把這叫做「代溝」。著名作家梁實秋怎麼理解代溝呢？他認為：「『代溝』是翻譯過來的一個比較新的名詞，但這個東西是我們古已有之的。」作者根據自己的親身經歷，講述了因為「代溝」所發生的一些不愉快的事。最明顯的是父輩與孩子之間。如年輕夫妻有自己的幸福，希望能夠多在一起，但是中國傳統社會講究孝道，必須侍奉在長輩左右，而且只有在長輩批准的情況下，年輕夫妻才能在一起。再如祖孫之間的代溝，孫輩希望穿得活潑一些，卻犯了祖輩的忌諱，落得個不愉快。這些「代溝」大都屬於傳統陋習，經過五四一代人的反抗，情況逐漸發生變化。

　　每一代人有每一代人的生活方式和思維觀念。梁實秋認為：「其實『養兒防老』、『我養你小，你養我老』的觀念，現代的人大部分早已不再堅持。羽毛既豐，各奔前程，上下兩代能保持朋友一般的關係，可疏可密，歲時存問，相待以禮，豈不甚妙？誰也無需劍拔弩張，放任自己，而諉過於代溝。」這種豁達的觀念值得每一個家長和孩子學習。

　　「代溝」是翻譯過來的一個比較新的名詞，但這個東西是我們古已有之的。自從人有老少之分，老一代與少一代之間就有一道溝，可能是難以飛渡的深溝天塹，也可能是一步邁過的小瀆①陰溝，總之是其間有個界限。溝這邊的人看溝那邊的人不順眼，溝那邊的人看溝這邊的人不像話，也許吹鬍子瞪眼，也許拍桌子捲袖子，也許口出惡聲，也許真個地鬧出命案，看雙方的氣質和修養而定。

　　《尚書・無逸》:「相小人，厥父母勤勞稼穡。厥子乃不知稼穡之艱難，乃逸乃諺。既誕，否則侮厥父母曰:『昔之人無聞知。』」這幾句話很生動，大概是我們最古的代溝之說的一個例證。大意是說:請看一般小民，做父母的辛苦耕稼②，年輕一代不知生活艱難，只知享受放蕩，再不就是張口頂撞父母說:「你們這些落伍的人，根本不懂事！」活畫出一條溝的兩邊的人對峙的心理。小孩子嘛，總是貪玩，好逸惡勞，人之天性。只有飽嚐艱苦的人，才知道以無逸為戒。做父母的人當初也是少不更事的孩子，代代相仍，歷史重演。一代留下一溝，像樹身上的年輪一般。

　　雖說一代一溝，腌臢③的情形難免，然大體上相安無事。這就是因為有所謂傳統者，把人的某一些觀念膠着在一套固定的範疇裏。「不以規矩，不能成方圓」，大家都守規矩，尤其是年輕的一代。「鞋大鞋小，別走了樣子！」小的

---

① 　瀆（dú），溝渠、水道。

② 　耕稼，耕田與種植。

③ 　腌臢（ā za），骯髒，不乾淨。

一代自然不免要憋一肚皮委屈，但是，別忙，「多年的媳婦熬成婆，多年的道路走成河」，轉眼間黃口小兒變成了鮐背耈老，又輪到自己唉聲歎氣，抱怨一肚皮不合時宜了。

我記得我小的時候，早起要跟着姊姊哥哥排隊到上屋給祖父母請安。像早朝一樣地肅穆而緊張，在大櫃前面兩張二人凳上並排坐下，腿短不能觸地，往往甩腿，這是犯大忌的，雖然我始終不知是犯了甚麼忌。祖父母的眼睛瞪得圓圓的，手指着我們的前後擺動的小腿說：「怎麼，一點樣子都沒有！」嚇得我們的小腿立刻停擺，我的母親覺得很沒有面子，回到房裏着實地數落了我們一番。祖孫之間隔着兩條溝，心理上的隔閡如何得免？當時我心裏納悶，我甩腿，干卿底事[4]。我十歲的時候，進了陶氏學堂，領到一身體操時穿的白帆布制服，有亮晶的銅紐扣，褲邊還鑲貼兩條紅帶，現在回想起來有點滑稽，好像是賣仁丹遊街宣傳的樂隊，那時卻揚揚自得，滿心歡喜地回家，沒想到贏得的是一頭霧水，「好呀！我還沒死，就先穿起孝衣來了！」我觸了白色的禁忌。出殯的時候，靈前是有兩排穿白衣的「孝男兒」，口裏模仿嚎喪的哇哇叫。此後每逢體操課後回家，先在門洞脫衣，換上長褂，捲起褲筒。稍後，我進了清華，看見有人穿白帆布橡皮底的網球鞋，心羨不已，於是也從天津郵購了一雙，但是始終沒敢穿了回家。只求平安少生事，莫在代溝之內起風波。

④　干卿底事，關你甚麼事，常用於譏笑人愛管閒事。

　　大家庭制度下，公婆兒媳之間的代溝是最鮮明也最凄慘的。兒子自外歸來，不能一頭扎進閨房，那樣做不但公婆瞪眼，所有的人都要豎起眉毛。他一定要先到上房請安，說說笑笑好一大陣，然後公婆（多半是婆）開恩發話：「你回屋裏歇歇去吧。」兒子奉旨回到閨閫⑤。媳婦不能隨後跟進，還要在公婆面前周旋一下，然後公婆再度開恩：「你也去吧。」媳婦才能走，慢慢地走。如果媳婦正在院裏浣洗衣服，兒子過去幫一下忙，到後院井裏用柳罐汲取一兩桶水，送過去備用，結果也會招致一頓長輩的唾罵：「你走開，這不是你做的事。」我記得半個多世紀以前，有一對大家庭中的小夫妻，十分地恩愛，夫暴病死，妻覺得在那樣家庭中了無生趣，竟服毒以殉。殯殮後，追悼之日政府頒贈匾額曰：「彤管揚芬」，女家致送的白布橫披曰：「看我門楣！」⑥我們可以聽得見代溝的冤魂哭泣，雖然代溝另一邊的人還在逞強。

　　以上說的是六七十年前的事。代溝中有小風波，但沒有大泛濫。張公藝⑦九代同居，靠了一百多個忍字，其實九代之間就有八條溝，溝下有溝，一代壓一代，那一百多個忍

----

⑤　閨（kǔn）閫，指婦女居住的內室。

⑥　彤管揚芬、看我門楣，都是悼念已婚女子殉夫的，帶有濃厚的封建禮教色彩。彤管，紅色筆管的筆，古代宮廷女史以此記錄后妃的事跡。看我門楣指女兒能為家門增添光榮。

⑦　張公藝（578—676），歷經北齊、北周、隋、唐四代，壽九十九歲，家中九代同居。

字還不是一面倒，多半由下面一代承當？古有明訓，能忍自安。

五四運動實乃一大變局。新一代的人要造反，不再忍了。有人要「整理國故[8]」，管他甚麼三墳五典八索九丘[9]，都要揪出來重新交付審判。禮教被控吃人，孔家店[10]遭受搗毀的威脅，世世代代留下來的溝要徹底翻騰一下，這下子可把舊一代的人嚇壞了。有人提倡讀經，有人竭力衛道，但是不是遠水不救近火，便是隻手難挽狂瀾。代溝總崩潰，新一代的人如脫韁之馬，一直旁出斜逸，奔放馳驟到如今。舊一代的人則按照自然法則一批一批地凋謝，填入時代的溝壑。

代溝雖然永久存在，不過其現象可能隨時變化。人生的麻煩事，千端萬緒，要言之[11]，不外財色兩項。關於錢財，年長的一輩多少有一點吝嗇的傾向。吝嗇並不一定全是缺點。「稱財多寡而節用之，富無金藏，貧不假貸，謂之嗇。積多不能分人，而厚自養，謂之吝。不能分人，又不能自養，謂之愛。」這是《晏子春秋》[12]的說法。所謂愛，就是守財奴。是有人好像是把孔方兄[13]一個個地穿掛在他的肋骨上，取下

---

[8] 整理國故，1920年前後由文化名人胡適首先提出的、以分清傳統文化中的精粹與糟粕，再造新文明為宗旨的文化思潮。

[9] 三墳五典八索九丘，泛指中國最古老的書。

[10] 孔家店，以孔子為代表的儒家禮教系統。

[11] 要言之，概括來說。

[12] 《晏子春秋》，是記敘春秋時期齊國政治家、思想家晏嬰（前578—前500）言行的一部書。

[13] 孔方兄，指錢，因舊時的銅錢有方形的孔。

一個都是血絲糊拉的。英文俚語，勉強拿出一塊錢，叫做「咳出一塊錢」，大概也是表示錢是深藏於肺腑，需要用力咳才能跳出來。年輕一代看了這種情形，老大地不以為然，心裏想：「這真是『昔之人，無聞知』，有錢不用，害得大家受苦，忘記了『一個錢也帶不了棺材裏去』。」心裏有這樣的憤懣蘊積，有時候就要發泄。所以，曾經有一個兒子向父親要五十元零用，其父靳[14]而不予，由冷言惡語而拖拖拉拉，兒子比較身手矯健，一把揪住父親的領帶（唉，領帶真誤事），領帶越揪越緊，父親一口氣上不來，一翻白眼，死了。這件案子，按理應剮，基於「心神喪失」的理由，沒有剮，在代溝的歷史裏留下一個悲慘的記錄。

人到成年，嚶嚶求偶，這時節不但自己着急，家長更是擔心，可是所謂代溝出現了，一方面說這是我的事，你少管；另一方面說傳宗接代的大事如何能不過問。一個人究竟是姣好還是寢陋[15]，是端莊還是陰鷙，本來難有定評。「看那樣子，長頭髮、牛仔褲，嬉遊浪蕩、好吃懶做，大概不是善類。」「爬山、露營、打球、跳舞，都是青年的娛樂，難道要我們天天勻出功夫來晨昏定省，膝下承歡？」南轅北轍，越說越遠。其實「養兒防老」、「我養你小，你養我老」的觀念，現代的人大部分早已不再堅持。羽毛既豐，各奔前程，上下兩代能保持朋友一般的關係，可疏可密，歲時存

---

[14]　靳，不肯給予，吝惜。

[15]　寢陋，相貌醜陋。

問，相待以禮，豈不甚妙？誰也無需劍拔弩張，放任自己，而諉過^⑯於代溝。溝是死的，人是活的！代溝需要溝通，不能像希臘神話中的亞歷山大以利劍砍難解之繩結那樣容易地一刀兩斷，因為人終歸是人。

⑯　諉過，推卸過錯。

喝 茶

導讀

　　茶是中國人日常生活的重要飲品，更是受到文人的鍾愛，喝茶也成為具有標誌性的文人的生活方式。作者一路隨意而又洋洋灑灑地寫來，看似無主題，卻又處處透着雅致，讓人不忍掩卷。

　　現代散文大家中還有很多人寫過「喝茶」，其中知名度最高的莫過於周作人。此文中也提到了周作人。「抗戰前造訪知堂老人於苦茶庵，主客相對總是有清茶一盂，淡淡的、澀澀的、綠綠的。」知堂老人即周作人，在《喝茶》的名文中説：「我的所謂喝茶，卻是在喝清茶，在賞鑒其色與香與味，意未必在止渴，自然更不在果腹了。」「喝茶當於瓦屋紙窗之下，清泉綠茶，用素雅的陶瓷茶具，同二三人共飲，得半日之閒，可抵十年的塵夢。」這多少有些傳統士大夫的貴族的意味。梁實秋也承認「清茶最為風雅」，卻又説「茶葉品種繁多，各有擅場」，他對不同種類的茶都有了解，認為「茶是我們中國人的飲料，口乾解渴，惟茶是尚」；「茶是開門七件事之一，乃人生必需品」，況且「喝茶，喝好茶，往事如煙。提起喝茶的藝術，現在好像談不到了，不提也罷」。梁實秋的格調卻平民化得多。

　　兩位作家都是小品文的名家，也都喜歡引經據典，嚮往閒適的生活狀態，但是個性和喜好卻如此不同，值得我們去比較和分析。

我不善品茶，不通茶經，更不懂甚麼茶道，從無兩腋之下，習習生風 ① 的經驗。但是，數十年來，喝過不少茶，北平的雙窨 ②、天津的大葉、西湖的龍井、六安的瓜片、四川的沱茶、雲南的普洱、洞庭湖的君山茶、武夷山的巖茶，甚至不登大雅之堂的茶葉梗與滿天星隨壺淨的高末兒，都嘗試過。茶是我們中國人的飲料，口乾解渴，惟茶是尚。茶字，形近於荼，聲近於檟 ③，來源甚古，流傳海外，凡是有中國人的地方就有茶。人無貴賤，誰都有分，上焉者細啜名種，下焉者牛飲茶湯，甚至路邊埂畔還有人奉茶。北人早起，路上相逢，輒問訊「喝茶未？」茶是開門七件事之一 ④，乃人生必需品。

　　孩提時，屋裏有一把大茶壺，坐在一個有棉襯墊的藤箱裏，相當保溫，要喝茶自己斟。我們用的是綠豆碗，這種碗大號的是飯碗，小號的是茶碗，作綠豆色，粗糙耐用，當然和宋瓷不能比，和江西瓷不能比，和洋瓷也不能比，可是有一股樸實厚重的風貌，現在這種碗早已絕跡，我很懷念。這種碗打破了不值幾文錢，腦勺子上也不至於挨巴掌。銀托白瓷小蓋碗是祖父母專用的，我們看着並不羨慕。看那小小的一盞，兩口就喝光，泡兩三回就得換茶葉，多麻煩。如今蓋碗很少見了，除非是到故宮博物院拜會蔣院長，他那大客

① 兩腋之下，習習生風，指茶葉甘美醇香，飲後如同兩腋有清風吹拂。
② 窨（xūn），同「熏」，把茉莉花等放在茶葉中，使茶葉染上花的香味。
③ 檟（jiǎ），古書中指楸樹或茶樹。
④ 諺語中有「每日開門七件事，柴米油鹽醬醋茶」的說法。

廳裏總是會端出蓋碗茶敬客。再不就是在電視劇中也常看見有蓋碗茶，可是演員一手執蓋，一手執碗，縮着脖子啜茶那副狼狼相，令人發噱，因為他不知道喝蓋碗茶應該是怎樣的喝法。他平素自己喝茶大概一直是用玻璃杯、保溫杯之類。如今，我們此地見到的蓋碗，多半是近年來本地製造的「萬壽無疆」的那種樣式，瓷厚了一些；日本製的蓋碗，樣式微有不同，總覺得有些怪怪的。近有人回大陸，順便探視我的舊居，帶來我三十多年前天天使用的一隻瓷蓋碗，原是十二套，只剩此一套了，碗沿還有一點磕損，睹此舊物，勾起往日的心情，不禁黯然。蓋碗究竟是最好的茶具。

茶葉品種繁多，各有擅場。有友來自徽州，同學清華，徽州產茶勝地，但是他看到我用一撮茶葉放在壺裏沏茶，表示驚訝，因為他只知道茶葉是烘乾打包捆載上船，沿江運到滬杭求售，剩下來的茶梗才是家人飲用之物。恰如北人所謂「賣蓆的睡涼炕」。我平素喝茶，不是香片就是龍井，多次到大柵欄東鴻記或西鴻記去買茶葉，在櫃枱前面一站，徒弟搬來凳子讓坐，看夥計稱茶葉，分成若干小包，包得見稜見角，那份手藝只有藥鋪夥計可以媲美。茉莉花窨過的茶葉，臨賣的時候再抓一把鮮茉莉花放在表面上，所以叫做雙窨。於是茶店裏經常是茶香花香，郁郁菲菲。父執[5]有名玉貴者，旗人，精於飲饌[6]，居恆以一半香片一半龍井混合沏

---

⑤　父執，父親的朋友。

⑥　饌（zhuàn），飯食。

之，有香片之濃馥，兼龍井之苦清。吾家效而行之，無不稱善。茶以人名，乃徑呼此茶為「玉貴」，私家祕傳，外人無由得知。

其實，清茶最為風雅。抗戰前造訪知堂老人[7]於苦茶庵，主客相對總是有清茶一盂，淡淡的、澀澀的、綠綠的。我曾屢侍先君遊西子湖，從不忘記品嚐當地的龍井，不需要攀登南高峯鳳凰嶺，近處平湖秋月就有上好的龍井茶，開水現沖，風味絕佳。茶後進藕粉一碗，四美具矣。正是「穿牖[8]而來，夏日清風冬日日；捲簾相見，前山明月後山山」（駱成驤[9]聯）。有朋自六安來，貽[10]我瓜片少許，葉大而綠，飲之有荒野的氣息撲鼻。其中西瓜茶一種，真有西瓜風味。我曾過洞庭，舟泊岳陽樓下，購得君山茶一盒。沸水沏之，每片茶葉均如針狀直立漂浮，良久始舒展下沉，味品清香不俗。

初來台灣，粗茶淡飯，頗想傾阮囊之所有在飲茶一端偶作豪華之享受。一日過某茶店，索上好龍井，店主將我上下打量，取八元一斤之茶葉以應，余示不滿，乃更以十二元者奉上，余仍不滿，店主勃然色變，屬聲曰：「買東西，看貨色，不能專以價錢定上下。提高價格，自欺欺人耳！先生奈

---

⑦　知堂老人，即周作人（1885—1967），號知堂，苦茶庵為其住所。

⑧　牖（yǒu），窗戶。

⑨　駱成驤（1865—1926），清朝官員、學者，光緒二十一年（1895）狀元。

⑩　貽，贈送。

何不察？」我愛其戇直⑪。現在此茶店門庭若市，已成為業中之翹楚。此後我飲茶，但論品味，不問價錢。

　　茶之以濃釅⑫勝者莫過於工夫茶。《潮嘉風月記》⑬說工夫茶要細炭初沸，連壺帶碗潑澆，斟而細呷之，氣味芳烈，較嚼梅花更為清絕。我沒嚼過梅花，不過我旅居青島時有一位潮州澄海朋友，每次聚飲酩酊，輒相偕走訪一潮州幫巨商於其店肆。肆後有密室，煙具、茶具均極考究，小壺小盅有如玩具。更有孌婉卝童⑭伺候煮茶、燒煙，因此經常飽吃工夫茶，諸如鐵觀音、大紅袍，吃了之後還攜帶幾匣回家。不知是否故弄玄虛，謂爐火與茶具相距以七步為度，沸水之溫度方合標準。與小盅而飲之，若飲罷逕自返盅於盤，則主人不悅，須舉盅至鼻頭猛嗅兩下。這茶最有解酒之功，如嚼橄欖，舌根微澀，數巡之後，好像是越喝越渴，欲罷不能。喝工夫茶，要有工夫，細呷細品，要有設備，要人服侍，如今亂糟糟的社會裏誰有那麼多的工夫？紅泥小火爐哪裏去找？伺候茶湯的人更無論矣。普洱茶，漆黑一團，據說也有綠色者，泡烹出來黑不溜秋，粵人喜之。在北平，我只在正陽樓看人吃烤肉，吃得口滑肚子膨脝⑮不得動彈，才高呼堂倌泡

---

⑪　戇（zhuàng）直，憨厚而剛直。

⑫　釅（yàn），濃，味厚。

⑬　《潮嘉風月記》，清代俞蛟所作的一部筆記，多記載狹邪之事。

⑭　孌婉卝（guàn）童，美麗可愛的小童子。孌婉，美麗。卝，形容兒童束髮成兩角的樣子。

⑮　膨脝（péng hēng），肚子脹的樣子。

普洱茶。四川的沱茶亦不惡，惟一般茶館應市者非上品。台灣的烏龍，名震中外，大量生產，佳者不易得。處處標榜凍頂[⑯]，事實上哪裏有那麼多的凍頂？

喝茶，喝好茶，往事如煙。提起喝茶的藝術，現在好像談不到了，不提也罷。

⑯　凍頂，台灣烏龍茶中最名貴者。

飲 酒

　　散文大師周作人也曾寫過一篇《談酒》的文章，可以與梁實秋的這篇文章對應閱讀。

　　周作人的《飲酒》具有他慣有的「澀」的味道，饒有興趣地介紹他小時候喝酒的器具、方法、風俗等。而梁實秋的《飲酒》則通曉暢達，充滿雅趣。

　　除了寫作手法和文章風格的不同，兩人對酒的認識也不同。周作人在《談酒》中說：「酒的趣味只是在飲的時候，我想悅樂大抵在做的這一剎那，倘若說是陶然，那也當是杯在口的一刻罷。」但梁實秋不然，他認為酒的趣味在於酒下肚後的體驗：「酒實在是妙。幾杯落肚之後就會覺得飄飄然、醺醺然。平素道貌岸然的人，也會綻出笑臉；一向沉默寡言的人，也會議論風生。再灌下幾杯之後，所有的苦悶煩惱全都忘了，酒酣耳熱，只覺得意氣飛揚，不可一世……」酒能給人帶來很多樂趣，但兩人都不希望酒超過一定限度，都秉承了發乎情止乎禮的士大夫風度。

　　本文提到的「酒中八仙」，據梁實秋《酒中八仙 —— 憶青島舊遊》的介紹，1930—1934 年間，在時任青島大學校長楊振聲的帶領下，八位旅居青島的文化人 —— 楊振聲、聞一多、梁實秋、趙太侔、陳命凡、黃際遇、劉康甫、方令孺 —— 常常聚在一起飲酒縱談，被聞一多戲稱為「酒中八仙」。

酒實在是妙。幾杯落肚之後就會覺得飄飄然、醺醺然。平素道貌岸然的人，也會綻出笑臉；一向沉默寡言的人，也會議論風生。再灌下幾杯之後，所有的苦悶煩惱全都忘了，酒酣耳熱，只覺得意氣飛揚，不可一世，若不及時知止，可就難免玉山頹欹[1]，剔吐縱橫，甚至撒瘋罵座，以及種種的酒失酒過全部地呈現出來。莎士比亞的《暴風雨》的卡力班[2]，那個象徵原始人的怪物，初嚐酒味，覺得妙不可言，以為把酒給他喝的那個人是自天而降，以為酒是甘露瓊漿，不是人間所有物。美洲印第安人初與白人接觸，就是被酒所傾倒，往往不惜舉土地界人以交換一些酒漿。印第安人的衰滅，至少一部分是由於他們的荒腆[3]於酒。

　　我們中國人飲酒，歷史久遠。發明酒者，一說是儀狄，又說是杜康。儀狄夏朝人，杜康周朝人，相距很遠，總之是無可稽考。也許製釀的原料不同，方法不同，所以儀狄的酒未必就是杜康的酒。尚書有《酒誥》之篇，諄諄以酒為戒，一再地說「祀茲酒」（停止這樣地喝酒），「無彝酒」（勿常飲酒），想見古人飲酒早已相習成風，而且到了「大亂喪德」的地步。三代以上的事多不可考，不過從漢起就有酒

---

① 玉山頹欹（qī），指喝得醉倒了。玉山，代指俊美的儀容。欹，傾斜、歪。
② 《暴風雨》，莎士比亞的一部悲喜劇，卡力班為劇中一個愛喝酒的僕人。
③ 荒腆，沉湎。

榷[4]之説，以後各代因之，都是課税以裕國帑[5]，並沒有寓禁於徵的意思。酒很難禁絕，美國一九二○年起實施酒禁，雷厲風行，依然到處都有酒喝。當時筆者道出紐約，有一天友人邀我食某中國餐館，入門直趨後室，索五加皮，開懷暢飲。忽警察闖入，友人止予勿驚。這位警察徐徐就座，解手槍，鏘然置於桌上，索五加皮獨酌，不久即伏案酣睡。一九三三年酒禁廢，直如一場兒戲。民之所好，非政令所能強制。在我們中國，漢蕭何[6]律：「三人以上無故羣飲，罰金四兩。」此律不曾徹底實行。事實上，酒樓妓館處處笙歌，無時不飛觴醉月。文人雅士水邊修禊[7]，山上登高，一向離不開酒。名士風流，以為持螯[8]把酒，便足了一生，甚至於酣飲無度，揚言「死便埋我」，好像大量飲酒不是甚麼不很體面的事，真所謂「酗於酒德」。

對於酒，我有過多年的體驗。第一次醉是在六歲的時候，侍先君飯於致美齋（北平煤市街路西）樓上雅座，窗外有一棵不知名的大葉樹，隨時簌簌作響。連喝幾盅之後，微有醉意，先君禁我再喝，我一聲不響，站立在椅子上舀了一匙高湯，潑在他的一件兩截衫上。隨後我就倒在旁邊的小木

---

④　榷（què），專賣。

⑤　帑（tǎng），國庫裏的錢財。

⑥　蕭何（約前257—前193），西漢初年政治家，曾輔佐劉邦起義。

⑦　修禊（xì），古代於春秋兩季在水邊舉行的一種祭禮。

⑧　持螯（áo），即吃螃蟹。文人雅士聚會時多飲酒、賦詩、食螯。螯，螃蟹的第一對腳。

炕上呼呼大睡，回家之後才醒。我的父母都喜歡酒，所以我一直都有喝酒的機會。「酒有別腸，不必長大」，語見《十國春秋》⑨，意思是說酒量的大小與身體的大小不必成正比例，壯健者未必能飲，瘦小者也許能鯨吸。我小時候就是瘦弱如一根綠豆芽。酒量是可以慢慢磨練出來的，不過有其極限。我的酒量不大，我也沒有親見過一般人所豔稱的那種所謂海量。古代傳說「文王飲酒千鍾，孔子百觚」，王充《論衡·語增篇》就大加駁斥，他說：「文王之身如防風之君，孔子之體如長狄之人，乃能堪之。」⑩且「文王孔子率禮之人也」，何至於醉酗亂身？就我孤陋的見聞所及，無論是「青州從事」或「平原督郵」⑪，大抵白酒一斤或黃酒三五斤即足以令任何人頭昏目眩，黏牙倒齒。惟酒無量，以不及於亂為度，看各人自制力如何耳。不為酒困，便是高手。

酒不能解憂，只是令人在由興奮到麻醉的過程中暫時忘懷一切。即劉伶所謂「無息無慮，其樂陶陶」。可是酒醒之後，所謂「憂心如醒」，那份病酒的滋味很不好受，所付代價也不算小。我在青島居住的時候，那地方背山面海，風景

⑨　《十國春秋》，清代吳任臣（1628—1689）編撰的關於五代十國時期十個國家的紀傳體史書。

⑩　王充（27—約97），東漢哲學家。《論衡》為其一部哲學著作。這段引文的意思是文王、孔子除非如防風、長狄一樣身材高大，才能喝那麼多酒。防風、長狄都是古代的少數民族。

⑪　「青州從事」、「平原督郵」皆為酒的代稱。東晉桓溫手下有一個主簿善於辨別酒的好壞，管好酒叫「青州從事」，管劣酒叫「平原督郵」。

如繪，在很多人心目中是最理想的卜居之所，惟一缺憾是很少文化背景，沒有古跡耐人尋味，也沒有適當的娛樂。看山觀海，久了也會膩煩，於是呼朋聚飲，三日一小飲，五日一大宴，豁拳行令，三十斤花雕一罈，一夕而罄[12]。七名酒徒加上一位女史[13]，正好八仙之數，乃自命為酒中八仙。有時且結夥遠征，近則濟南，遠則南京、北京，不自謙抑，狂言「酒壓膠濟一帶，拳打南北二京」，高自期許，儼然豪氣干雲的樣子。當時作踐了身體，這筆賬日後要算。一日，胡適之先生過青島小憩，在宴席上看到八仙過海的盛況大吃一驚，急忙取出他太太給他的一個金戒指，上面鑴有「戒」字，戴在手上，表示免戰。過後不久，胡先生就寫信給我說：「看你們喝酒的樣子，就知道青島不宜久居，還是到北京來吧！」我就到北京去了。現在回想當年酗酒，哪裏算得是勇，真是狂。

酒能削弱人的自制力，所以有人酒後狂笑不置，也有人痛哭不已，更有人口吐洋語滔滔不絕，也許會把平夙不敢告人之事吐露一二，甚至把別人的隱私也當眾抖露出來。最令人難堪的是強人飲酒，或單挑，或圍剿，或投下井之石，千方萬計要把別人灌醉，有人訴諸武力，捏着人家的鼻子灌酒！這也許是人類長久壓抑下的一部分獸性之發泄，企圖獲取勝利的滿足，比拿起石棒給人迎頭一擊要文明一些而已。

---

⑫　罄（qìng），空、盡。

⑬　女史，古代女官員，後為對知識女性的尊稱。

那咄咄逼人的聲嘶力竭的豁拳，在贏拳的時候，那一聲拖長了的絕叫，也是表示內心的一種滿足。在別處得不到滿足，就讓他們在聚飲的時候如願以償吧！只是這種鬧飲，以在有隔音設備的房間裏舉行為宜，免得侵擾他人！

《菜根譚》[14] 所謂「花看半開，酒飲微醺」的趣味，才是最令人低徊的境界。

[14] 《菜根譚》，明代洪應明收集、編著的一部論述修養、人生、處世、出世的小品文集。

下棋

導讀

　　本文初載於 1944 年 6 月 25 日昆明《中央日報．星期增刊》，又載於 1947 年《世紀評論》第 2 卷第 9 期。這篇文章語言凝練流暢，充滿思辨和意趣，最能體現梁實秋的語言風格。

　　文章一開始就有驚人之筆：「有一種人我最不喜歡和他下棋，那便是太有涵養的人。」一個有涵養的謙謙君子在任何地方都是受人歡迎的，為何會惹得作者厭煩呢？接着往下讀，才發現其中奧祕：「君子無所爭，下棋卻是要爭的」，與一個「神色自若，不動火，不生氣，好像是無關痛癢」的人下棋，是最讓作者覺得「索然寡味」的。

　　下棋的妙處就在於雙方對弈時的劍拔弩張、互不相讓，這樣才能體會到其中的樂趣。作者更發揮自己一貫的語言風格，用千軍萬馬的軍隊行軍打仗的語言來描寫下棋中的「爭」，「下棋不能無爭，爭的範圍有大有小，有斤斤計較而因小失大者，有不拘小節而眼觀全局者，有短兵相接，作生死鬥者，有各自為戰而旗鼓相當者，有趕盡殺絕一步不讓者，有好勇鬥狠同歸於盡者，有一面下棋一面誚罵者……」，此情此景下，拳腳相加、肉搏上陣、惡語相向都顯得那麼風雅。

　　風雅歸風雅，有趣歸有趣，作者同時切中肯綮地指出，下棋之所以能讓很多人樂此不疲，「是因為它頗合人類好鬥的本能，這是一種『鬥智不鬥力』的遊戲。」同時又犀利地揭示出人們爭棋背後的心理狀態：「人總是要鬥的，總是要鈎心鬥角地和人爭逐的。與其和人爭權爭利，還不如在棋盤上抽上一車。」頗有一絲解構主義的意趣，揭示了風雅的面紗而又不傷大雅，充滿了梁實秋式的機智、思辨和不俗的見地。

有一種人我最不喜歡和他下棋，那便是太有涵養的人。殺死他一大塊，或是抽了他一個車，他神色自若，不動火，不生氣，好像是無關痛癢，使你覺得索然寡味。君子無所爭，下棋卻是要爭的。當你給對方一個嚴重威脅的時候，對方的頭上青筋暴露，黃豆般的汗珠一顆顆地在額上陳列出來，或哭喪着臉作慘笑，或咕嘟着嘴作吃屎狀，或抓耳撓腮，或大叫一聲，或長吁短歎，或自怨自艾①口中念念有詞，或一串串的噎嗝打個不休，或紅頭漲臉如關公，種種現象，不一而足，這時節你「行有餘力」，便可以點起一支煙，或啜一碗茶，靜靜地欣賞對方的苦悶的象徵。我想獵人追逐一隻野兔的時候，其愉快大概略相彷彿。因此我悟出一點道理，和人下棋的時候，如果有機會使對方受窘，當然無所不用其極，如果被對方所窘，便努力作出不介意狀，因為既然不能積極地給對方以苦痛，只好消極地減少對方的樂趣。

　　自古博弈並稱，全是屬於賭的一類，而且只是比「飽食終日無所用心」略勝一籌而已。不過弈雖小術，亦可以觀人。相傳有慢性人，見對方走當頭炮便左思右想，不知是跳左邊的馬好，還是跳右邊的馬好，想了半個鐘頭而遲遲不決，急得對方只好拱手認輸。是有這樣的慢性人，每一着都要考慮，而且是加慢地考慮，我常想這種人如加入龜兔競賽，也必定可以獲勝。也有性急的人，下棋如賽跑，劈劈啪啪，草草了事，這仍舊是飽食終日無所用心的一貫作風。下

---

　　① 　自怨自艾（yì），悔恨自己的錯誤。

棋不能無爭，爭的範圍有大有小，有斤斤計較而因小失大者，有不拘小節而眼觀全局者，有短兵相接，作生死鬥者，有各自為戰而旗鼓相當者，有趕盡殺絕一步不讓者，有好勇鬥狠同歸於盡者，有一面下棋一面誚罵者，但最不幸的是爭的範圍超出了棋盤，而拳足交加。有下象棋者，久而無聲音，排闥②視之，闃③不見人，原來他們是在門後角裏扭做一團，一個人騎在另一個人的身上，在他的口裏挖車呢。被挖者不敢出聲，出聲則口張，口張則車被挖回，挖回則必悔棋，悔棋則不得勝，這種認真的態度憨得可愛。我曾見過二人手談，起先是坐着，神情瀟灑，望之如神仙中人，俄而棋勢吃緊，兩人都站起來了，劍拔弩張，如鬥鵪鶉，最後到了生死關頭，兩個人跳到桌子上去了！

笠翁《閒情偶寄》說弈棋不如觀棋，因觀者無得失心，觀棋是有趣的事，如看鬥牛、鬥雞、鬥蟋蟀一般，但是觀棋也有難過處，觀棋不語是一種痛苦。喉間硬是癢得出奇，思一吐為快。看見一個人要入陷阱而不作聲是幾乎不可能的事，如果說得中肯，其中一個人要厭恨你，暗暗地罵你一聲「多嘴驢！」另一個人也不感激你，心想：「難道我還不曉得這樣走！」如果說得不中肯，兩個人要一齊嗤之以鼻，「無見識奴！」如果根本不說，憋在心裏，受病。所以有人於挨了一個耳光之後，還要撫着熱辣辣的嘴巴大呼「要抽車，要抽車！」

---

② 排闥（tà），推門。

③ 闃（qù），寂靜無聲。

下棋只是為了消遣，其所以能使這樣多人嗜此不疲者，是因為它頗合人類好鬥的本能，這是一種「鬥智不鬥力」的遊戲。所以瓜棚豆架之下，與世無爭的村夫野老不免一枰[④]相對，消此永晝；鬧市茶寮[⑤]之中，常有有閒階級的人士下棋消遣，「不為無益之事，何以遣此有涯之生？」宦海裏翻過身最後退隱東山的大人先生們，髀肉復生[⑥]，而英雄無用武之地，也只好閒來對弈，了此殘生，下棋全是「剩餘精力」的發泄。人總是要鬥的，總是要鈎心鬥角地和人爭逐的。與其和人爭權奪利，還不如在棋盤上抽上一車。宋人筆記曾載有一段故事：「李訥僕射，性卞急，酷好弈棋，每下子安詳，極於寬緩。往往躁怒作，家人輩則密以弈具陳於前，訥睹，便忻然改容，以取其子布弄，都忘其恚矣。」（《南部新書》）[⑦]下棋，有沒有這樣陶冶性情之功，我不敢說，不過有人下起棋來確實是把性命都可置諸度外。我有兩個朋友下棋，警報作，不動聲色，俄而彈落，棋子被震得在盤上跳蕩，屋瓦亂飛，其中棋癮較小者變色而起，被對方一把拉住：「你走！那就算是你輸了。」此公深得棋中之趣。

---

④　枰（píng），棋盤。

⑤　寮（liáo），小屋。

⑥　髀（bì）肉復生，因為長久不騎馬，大腿上的肉又長起來了，形容長久安逸，無所作為。

⑦　《南部新書》，北宋錢易撰，記錄了唐及五代的掌故，被收入《四庫全書》。這段引文講的是李訥性格急躁，但是一下棋，性格就會變得非常舒緩。

名家散文必讀系列·梁實秋

講 價

導讀

本文原載於 1947 年《世紀評論》第 9 期。

在很多待價而沽的事物並不是明碼標價的情形下，講價是非常普遍的現象，無論購買大米、豬肉、衣服等日常生活必需品，還是珠寶、鑽戒、項鏈等奢侈品，如若是按標價購入，會受到很多宰割。梁實秋就敏銳地發現了這一現象，而且機智幽默地總結出了普通人講價的四種方式：「要不動聲色」，「要無情地批評」，「要狠心還價」，「要有反顧的勇氣」。「看準了他沒有甚麼你就要甚麼，使得他顯着寒傖，先有幾分慚愧」；「把貨物捧在手裏，不忙鑒賞，先求其疵繆之所在，不厭其詳地批評一番，儘量地道出它的缺點」；「不管價錢多高，攔腰一砍」；「交易實在不成，只好掉頭而去，也許走不了好遠，他會請你回來；如果他不請你回來，你自己要有回來的勇氣，不能負氣」。這些方式被作者戲稱為「講價的藝術」，這實際上是反語，作者對「講價」並不感興趣。他用自嘲的方式說：「我怕費功夫，我怕傷和氣，如果我粗脖子紅臉，我身體受傷；如果他粗脖子紅臉，我精神上難過，我聊以解嘲的方法是記起鄭板橋愛寫的那四個大字：『難得糊塗』。」

作者之所以要「難得糊塗」，是因為講價中包含了太多的人性的「殘忍」，從這裏我們可以看出作者的自尊、善良和知識分子的矜持與儒雅。

韓康採藥名山，賣於長安市，三十餘年，口不二價。這並不是說三十餘年物價沒有波動，這是說他三十餘年沒有耍過一次謊，就憑這一點怪脾氣，他的大名便入了《後漢書》的《逸民列傳》。這並不證明買賣東西無需講價是我們古已有之的固有道德，這只證明自古以來買賣東西就得要價還價，出了一位韓康，便是人瑞[①]，便可以名垂青史了。韓康不但在歷史上留下了佳話，在當時也是頗為著名的。一個女子向他買藥，他守價不移，硬是沒得少，女子大怒，說：「難道你是韓康，一個錢沒得少？」韓康本欲避名，現在小女子都知道他的大名，嚇得披髮入山。賣東西不講價，自古以來，是多麼難得！我們還不要忘記韓康「家世著姓」，本不是商人，如果是個「逐什一[②]之利」的，有機會能得什二什三時豈不更妙？

從前有些店鋪講究貨真價實，「言不二價」、「童叟無欺」的金字招牌偶然還可以很驕傲地懸掛起來，不必大減價僱吹鼓手，主顧自然上門。這種事似乎漸漸少了。童叟根本也不見得好欺侮，而且買賣大半是流動的，無所謂主顧，不講價還是不過癮，不七折八扣顯着買賣不和氣，交易一成買者就又會覺得上當。在爾虞我詐的情形之下，講價便成為交易的必經階段，反正是「漫天要價，就地還錢」，看看誰有本事誰討便宜。

---

① 人瑞，多指有德行或高壽的人。

② 什一，十分之一。

　　我買東西很少的時候能不比別人的貴。世界上有一種人，喜歡到人家裏面調查物價，看看你家裏有甚麼東西都要打聽一下是用甚麼價錢買的，除非你在每一事物上都黏上一個紙箋標明價格，否則將不勝其囉唕[3]。最掃興的是，我已經把真的價錢瞞起，自欺欺人地只說了一半的價錢來搪塞他，他有時還會把頭搖得像個「撥浪鼓」似的，表示你上了彌天的大當！我承認，有些人是特別地善於講價，他有政治家的臉皮，外交家的嘴巴，殺人的膽量，釣魚的耐心，堅如鐵石，韌似牛皮，所以他能壓倒那待價而沽的商人。我曾虛心請教，大概歸納起來，講價的藝術不外下列諸端：

　　第一，要不動聲色。進得店來，看準了他沒有甚麼你就要甚麼，使得他顯着寒傖，先有幾分慚愧。然後無精打采地道出你所真心要買的東西，夥計於氣餒之餘，自然歡天喜地地捧出他的貨色，價錢根本不會太高。如果偶然發現一項心愛的東西，也不可失聲大叫，如獲異寶，必要行若無事，淡然處之，於打聽許多種物價之後，隨意問詢及之，否則你打草驚蛇，他便奇貨可居了。

　　第二，要無情地批評。甘瓜苦蒂，天下物無全美。你把貨物捧在手裏，不忙鑒賞，先求其疵繆之所在，不厭其詳地批評一番，儘量地道出它的缺點。有些物事，本是無懈可擊的，但是「嗜好不能爭辯」，你這東西是紅的，我偏喜歡白的；你這東西是大的，我偏喜歡小的。總之，是要把東西褒

───────────

③　囉唕（zào），吵鬧尋事。

貶得一文不值、缺點百出，這時候夥計的臉上也許要一塊紅一塊白地不大好看，但是他的心裏軟了，價錢上自然有了商量的餘地，我在委曲遷就的情形之下來買東西，你在價錢上還能不讓步麼？

第三，要狠心還價。先假設，自從韓康入山之後每個商人都是說謊的。不管價錢多高，攔腰一砍。這需要一點膽量，要狠得下心，說得出口，要準備看一副嘴臉。人的臉是最容易變的，用不了加多少錢，那副愁雲慘霧的苦臉立刻開霽④，露出一縷春風。但這是最緊要的時候，這是耐心的比賽，誰性急誰失敗，他一文一文地減，你就一文一文地加。

第四，要有反顧的勇氣。交易實在不成，只好掉頭而去，也許走不了好遠，他會請你回來；如果他不請你回來，你自己要有回來的勇氣，不能負氣，不能講究「義不反顧，計不旋踵」⑤。講價到了這個地步，也就山窮水盡了。

這一套講價的祕訣，知易行難，所以我始終未能運用。我怕費功夫，我怕傷和氣，如果我粗脖子紅臉，我身體受傷；如果他粗脖子紅臉，我精神上難過，我聊以解嘲的方法是記起鄭板橋⑥愛寫的那四個大字：「難得糊塗」。

---

④　霽（jì），雨後或雪後轉晴。

⑤　「義不反顧，計不旋踵」，堅決不後退。顧，回頭；旋踵，掉轉腳跟，也是後退的意思。

⑥　鄭板橋，即鄭燮（1693 — 1766），板橋為其號，清代書畫家、文學家，「揚州八怪」之一。

《淮南子》⑦明明地記載着「東方有君子之國」，但是我在地圖上卻找不到。《山海經》⑧裏也記載着「君子國衣冠帶劍，其人好讓不爭」。但只有《鏡花緣》⑨給君子國透露了一點消息。買物的人説：「老兄如此高貨，卻討恁般賤價，教小弟買去，如何能安？務求將價加增，方好遵教。若再過謙，那是有意不肯賞光交易了。」賣物的人説：「既承照顧，敢不仰體？但适才妄討大價，已覺厚顏，不意老兄反説貨高價賤，豈不更教小弟慚愧？況敝貨並非『言無二價』，其中頗有虛頭。」⑩照這樣講來，君子國交易並非言無二價，也還是要講價的，也並非不爭，也還有要費口舌唾液的。甚麼樣的國家，才能買東西不講價呢？我想與其講價而為對方爭利，不如講價而為自己爭利，比較地合於人類本能。

有人傳授給我在街頭僱車的祕訣：街頭孤零零的一輛車，車夫紅光滿面，鼓腹而遊的樣子，切莫睬他，如果三五成羣，鳩形鵠面，你一聲吆喝便會蜂擁而來，競相延攬，車價會特別低廉。在這裏我們發現人性的一面 —— 殘忍。

---

⑦ 《淮南子》，西漢淮南王劉安（前 179—前 122）主持編寫的一部文集。該書在繼承先秦道家思想的基礎上，綜合了諸子百家學説中的精華部分，對後世研究秦漢文化起到了不可替代的作用。

⑧ 《山海經》，先秦時期一部地理著作，裏面有很多荒誕不經的內容。

⑨ 《鏡花緣》，清代李汝珍（約 1763—約 1830）寫的一部長篇神怪小説。

⑩ 這段引文的意思是買家和賣家互相謙讓，實乃有君子之風。

早起

「一日之際在於晨」，早上有時間可以用來鍛煉、工作，可以說是一天中最美妙的時刻。因此很多人都有早起工作的習慣。民國時期，像魯迅那樣喜歡深夜工作的文人不多，大都是一大早就起來，利用早晨這段寶貴時間，抓緊創作作品，日積月累下來，收穫頗豐。梁實秋也是這樣。「我記得我翻譯《阿伯拉與哀綠綺思的情書》的時候，就是趁太陽沒出的時候搬竹椅在廊簷下動筆，等到太陽曬滿半個院子，人聲嘈雜，我便收筆，這樣在一個月內譯成了那本書，至今回憶起來還是愉快的。」到老年後，作者仍舊堅持這個自小就養成的早起的好習慣，親見了很多早晨的美麗和生機。「走到街上，看見草上的露珠還沒有乾，磚縫裏被蚯蚓倒出一堆一堆的沙土，男的女的擔着新鮮肥美的菜蔬走進城來，馬路上有戴草帽的老朽的女清道夫，還有無數的青年男女穿着熨平的布衣，精神抖擻地攜帶着『便當』騎着腳踏車去上班」。在這種時候，作者「衷心充滿了喜悅！這是一個活的世界，這是一個人的世界，這是生活！」

現在很多人沒有早起的習慣，往往睡到很晚，尤其是假期更是睡到日上三竿。其實，較早起床，到公園裏、到大街上走走看看，整天的精神面貌都會煥然一新。

曾文正公[1]説：「做人從早起起。」因為這是每人每日所做的第一件事。這一樁事若辦不到，其餘的也就可想。記得從前俞平伯[2]先生有兩行名詩：「被窩暖暖的，人兒遠遠的……」在這「暖暖……遠遠……」的情形之下，毅然決然地從被窩裏竄出來，尤其是在北方那樣寒冷的天氣，實在是不容易。惟以其不容易，所以那個舉動被稱為開始做人的第一件事。偎在被窩裏不出來，那便是在做人的道上第一回敗績。

歷史上若干嘉言懿行[3]，也有不少是標榜早起的。例如，《顏氏家訓》裏便有「黎明即起」的句子。至少我們不會聽説哪一個人為了早晨晏[4]起而受到人的讚美。祖逖[5]聞雞起舞的故事是眾所熟知的，但是我們不要忘了祖逖是志士，他所聞的雞不是我們在天將破曉時聽見的雞啼，而是「中夜聞荒雞鳴」。中夜起舞之後是否還回去再睡，史無明文，我想大概是不再回去睡了。黑茫茫的後半夜，舞完了之後還做甚麼，實在是不可想像的事。前清文武大臣上朝，也是半夜三更地進東華門，打着燈籠進去，不知是不是因為皇

①　曾文正公，即曾國藩（1811—1872），晚清著名的政治家、軍事家、文學家，文正為其謚號。

②　俞平伯（1900—1990），現代詩人、作家、紅學家。

③　嘉言懿行，美好的言行。嘉、懿，都為美好的意思。

④　晏，晚。

⑤　祖逖（tì）（266—321），東晉名將，除「聞雞起舞」，還有「擊楫中流」的故事傳世。

帝有特別喜歡起早的習慣。

西諺亦云：「早出來的鳥能捉到蟲兒吃。」似乎是晚出來的鳥便沒得蟲兒吃了。我們人早起可有甚麼好處呢？我個人是從小就喜歡早起的，可是也說不出有甚麼特別的好處，只是我個人的習慣而已。我覺得這是一個好習慣，可是並不說有這好習慣的人即是好人，因為這習慣雖好，究竟在做人的道理上還是比較的一樁小事。所以像韓復榘⑥在山東省做主席時強迫省府人員清晨五時集合在大操場裏跑步，我並不敢恭維。

我小時候上學，躺在炕上一睜眼看見窗戶上最高的一格有了太陽光，便要急得哭啼，我的母親匆匆忙忙給我梳了小辮兒打發我去上學。我們的學校就在我們的胡同裏。往往出門之後不久又眼淚撲簌地回來，母親問道：「怎麼回來了？」我低着頭嚅囁⑦地回答：「學校還沒有開門哩！」這是五十多年前的事了，我現在想想，還是不知道為甚麼要那樣性急。到如今，凡是開會或宴會之類，我還是很少遲到的。我覺得遲到是很可恥的一件事。但是我的心胸之不夠開展，容不得一點事，於此也就可見一斑。

有人晚上不睡，早晨不起。他說這是「焚膏油以繼

⑥　韓復榘（jǔ）（1890—1938），中國近代史上軍閥之一，曾叱吒風雲一時，後被蔣介石處死。

⑦　嚅囁，形容想說話而又吞吞吐吐不敢說出來的樣子。

暑」⑧。我想,「焚膏油」則有之,日暑則在被窩裏糟蹋不少。他説夜裏萬籟俱寂,沒有攪擾,最宜工作,這話也許是有道理的。我想晚上早睡兩個鐘頭,早上早起兩個鐘頭,還是一樣的,因為早晨也是很宜於工作的。我記得我翻譯《阿伯拉與哀綠綺思的情書》的時候,就是趁太陽沒出的時候搬竹椅在廊簷下動筆,等到太陽曬滿半個院子,人聲嘈雜,我便收筆,這樣在一個月內譯成了那本書,至今回憶起來還是愉快的。我在上海住幾年,黎明即起,弄堂裏到處是嘩喇嘩喇的刷馬桶的聲音,滿街的穢水四溢,到處看得見橫七豎八的露宿的人 —— 這種苦惱是高枕而眠到日上三竿的人所沒有的。有些個城市,居然到九十點鐘而街上還沒有甚麼動靜,家家戶戶都門窗緊閉,行經其地如過廢墟,我這時候只有暗暗地祝福那些睡得香甜的人,我不知道他們昨夜做了甚麼事,以至今天這樣晚還不能起來。

我如今年事稍長,好早起的習慣更不易拋棄。醒來聽見鳥囀,一天都是快活的。走到街上,看見草上的露珠還沒有乾,磚縫裏被蚯蚓倒出一堆一堆的沙土,男的女的擔着新鮮肥美的菜蔬走進城來,馬路上有戴草帽的老朽的女清道夫,還有無數的青年男女穿着熨平的布衣,精神抖擻地攜帶着「便當」騎着腳踏車去上班,—— 這時候我衷心充滿了喜悦!這是一個活的世界,這是一個人的世界,這是生活!

---

⑧ 「焚膏油以繼暑」,語出韓愈的《進學解》,點上燈燭來接替日光,形容夜以繼日地用功讀書。膏油,燈燭。暑(guǐ),日光。

就是學佛的人也講究「早參」、「晚參」，要此心常常攝持。曾文正公說做人從早起起，也是着眼在那一轉念之間，是否能振作精神，讓此心做得主宰。其實早起晚起本身倒沒有甚麼了不得的利弊，如是而已。

怒

　　「喜怒哀樂」各種感情中，「怒」僅排在「喜」之後，可見「怒」在日常生活中多麼常見。普通人易「怒」，其實，發起怒來非常不好。因為怒不僅是種心理的變化，也是一種生理的改變，會對身體造成損傷。正如本文作者所說：「盛怒之下，體內血球不知道要傷損多少，血壓不知道要升高幾許，總之是不衛生。而且血氣沸騰之際，理智不大清醒，言行容易逾分，於人於己都不相宜。」所以佛教把控制憤怒作為修持的基本功夫。而在日常生活中，是否易怒，也被視為是否有涵養的重要條件。作者推崇清代文人李紱的《無怒軒記》，認為「其戒謹恐懼之情溢於言表，不失讀書人的本色」。

　　本文旁徵博引，古今中外的素材信手拈來，圓融地使用，很能體現梁實秋「雅舍」系列散文的特點，正如著名詩人余光中對「雅舍」散文的評價：「文中常有引徵，而中外逢源，古今無阻。」余光中認為，梁實秋的「引經據典並不容易」，不但避免了「出處太過俗濫，顯得腹笥寒酸」，而且引文「來得自然，安得妥帖，與本文相得益彰」。

一個人在發怒的時候，最難看，縱然他平夙面似蓮花，一旦怒而變青變白，甚至面色如土，再加上滿臉的筋肉扭曲，皆裂髮指，那副面目實在不僅是可憎而已。俗語說，「怒從心上起，惡向膽邊生」，怒是心理的也是生理的一種變化。人逢不如意事，很少不勃然變色的。年少氣盛，一言不合，怒氣相加，但是許多年事已長的人，往往一樣地火發暴躁。我有一位姻長，已到杖朝之年①，並且半身癱瘓，每晨必閱報紙，戴上老花鏡，打開報紙，不久就要把桌子拍得山響，吹鬍瞪眼，破口大罵。報上的記載，他看不順眼。不看不行，看了慪氣。這時候大家躲他遠遠的，誰也不願逢彼之怒。過一陣雨過天晴，他的怒氣消了。

詩云：「君子如怒，亂庶遄沮；君子如祉，亂庶遄已。」這是說有地位的人，赫然震怒，就可以收撥亂反正之效。一般人還是以少發脾氣，少惹麻煩為上。盛怒之下，體內血球不知道要傷損多少，血壓不知道要升高幾許，總之是不衛生。而且血氣沸騰之際，理智不大清醒，言行容易逾分，於人於己都不相宜。希臘哲學家哀皮克蒂特斯②說：「計算一下你有多少天不曾生氣。在從前，我每天生氣；有時每隔一天生氣一次；後來每隔三四天生氣一次；如果你一連三十天沒有生氣，就應該向上帝獻祭表示感謝。」減少生氣的次數便

名家散文必讀系列・梁實秋

---

① 杖朝之年，指男子 80 歲，按《禮記・王制》，年過 80 歲就允許拄着拐杖入朝。
② 哀皮克蒂特斯，現通譯愛比克泰德（約 55—約 135），古羅馬斯多亞學派哲學家。

是修養的結果。修養的方法，說起來好難。另一位同屬於斯多亞派③的哲學家、羅馬的瑪可斯‧奧瑞利阿斯④這樣說：「你因為一個人的無恥而憤怒的時候，要這樣地問你自己：『那個無恥的人能不在這世界存在麼？那是不能的。不可能的事不必要求。』」壞人不是不需要制裁，只是我們不必憤怒。如果非憤怒不可，也要控制那憤怒，使發而中節⑤。佛家把「瞋」列為三毒之一，「瞋心甚於猛火」，克服瞋恚是修持的基本功夫之一。《燕丹子》⑥說：「血勇之人，怒而面赤；脈勇之人，怒而面青；骨勇之人，怒而面白；神勇之人，怒而色不變。」我想那神勇是從苦行修煉中得來的。生而喜怒不形於色，那天賦實在太厚了。

清朝初葉有一位李紱，著《穆堂類稿》⑦，內有一篇《無怒軒記》，他說：「吾年逾四十，無涵養性情之學，無變化氣質之功，因怒得過，旋悔旋犯，懼終於忿戾而已，因以『無怒』名軒。」是一篇好文章，而其戒謹恐懼之情溢於言表，不失讀書人的本色。

---

③ 斯多亞派，又叫畫廊學派，因哲學家們在畫廊聚會而得名。畫廊在希臘文中叫「斯多亞」。

④ 瑪可斯‧奧瑞利阿斯（121—180），古羅馬哲學家，著有《沉思錄》。

⑤ 發而中節，發作而能有節制，不過分。

⑥ 《燕丹子》，古代小說，記述戰國時期燕太子丹派荊軻行刺秦王的故事。

⑦ 李紱（1675—1750），清代著名政治家、理學家和詩文家，號穆堂，《穆堂類稿》為其詩文作品。

懶

◖ 導讀

　　勤勞是中國人民的傳統美德，而懶，自古以來就是一種被鄙視的壞習慣。本文卻引經據典，旁徵博引，洋洋灑灑而又逶邐多姿，把「懶」寫得那麼有趣，不再讓人厭惡。

　　魏晉名士的捫蝨而談中，透露着風雅，家庭主婦的「晚起三慌」中充滿市井溫馨的煙火氣息。作者用高超的筆法，有趣的思辨，使「懶」這一話題上升到哲思的高度。

　　作者在文中指出了「懶」的壞處：「懶人做事，拖拖拉拉，到頭來沒有不丟三落四，狼狼慌張的。你懶，別人也懶，一推再推，推來推去，其結果只有誤事。」主張教育孩子從小就克服懶惰的毛病，「懶不是不可醫，但須下手早，而且須從小處着手」。「小處不懶，大事也就容易勤快。」作者同時也在不斷自省，常常激勵自己：「若忽忽不知，懶而不覺，何異草木！一株小小的含羞草，尚且不是完全的『忽忽不知，懶而不覺』！若是人而不如小草，羞！羞！羞！」

　　我們每個人都有懶惰的時候，更應該好好讀讀這篇作品。

人沒有不懶的。

大清早，尤其是在寒冬，被窩暖暖的，要想打個挺就起床，真不容易。荒雞叫，由牠叫。鬧鐘響，何妨按一下鈕，在床上再賴上幾分鐘。白香山[①] 大概就是一個慣睡懶覺的人，他不諱言「日高睡足猶慵起，小閣重衾不怕寒」。他不僅懶，還饞，大言不慚地說：「慵饞還自哂，快樂亦誰知？」白香山活了七十五歲，可是寫了兩千七百九十首詩，早晨睡睡懶覺，我們還有甚麼說的？

懶字從女[②]，當初造字的人好像是對於女性存有偏見。其實勤與懶與性別無關。歷史人物中，疏懶成性者嵇康[③] 要算是一位。他自承：「不涉經學，性復疏懶，筋駑肉緩，頭面常一月十五日不洗，不大悶癢，不能沐也。每常小便，而忍不起，令胞中略轉，乃起耳。」同時，他也是「臥喜晚起」之徒，而且「性復多蝨，把搔無已」。他可以長期地不洗頭、不洗臉、不洗澡，以至於渾身生蝨！和捫蝨而談的王猛[④] 都是一時名士。白居易「經年不沐浴，塵垢滿肌膚」，還不是由於懶？蘇東坡好像也夠邋遢的，他有「老來百事懶，身垢猶念浴」之句，懶到身上蒙垢的時候才做沐浴之

① 白香山，即白居易（772—846），唐代著名詩人，香山為其號。

② 「懶」過去的寫法為「嬾」。

③ 嵇康（224—263），三國魏文學家、思想家、音樂家。「竹林七賢」之一。

④ 王猛（325—375），十六國時期著名的政治家、軍事家。其捫蝨而談的趣味成為魏晉風流的象徵。

想。女人似不至此，尚無因懶而昌言無隱，引以自傲的。主持中饋⑤的一向是女人，縫衣搗砧的也一向是女人。「早起三光，晚起三慌」是從前流行的女性自勵語，所謂三光、三慌是指頭上、臉上、腳上。從前的女人，夙興夜寐，沒有不患睡眠不足的，上上下下都要伺候周到，還要揪着公雞的尾巴就起來，來照顧她自己的「婦容」。頭要梳，臉要洗，腳要裹。所以朝暉未上就花朵盛開的牽牛花，別稱為「勤娘子」，懶婆娘沒有欣賞的分兒，大概她只能觀賞曇花。時到如今，情形當然不同，我們放眼觀察，所謂前進的新女性，哪一個不是生龍活虎一般，主內兼主外，集家事與職業一身？世上如果真有所謂懶婆娘，我想其數目不會多於好吃懶做的男子漢。北平從前有一個流行的兒歌：「頭不梳，臉不洗，拿起尿盆兒就舀米。」是誇張的諷刺。懶字從女，有一點冤枉。

　　凡是自安於懶的人，大抵有他或她的一套想法。可以推給別人做的事，何必自己做？可以拖到明天做的事，何必今天做？一推一拖，懶之能事盡矣。自以為偶然偷懶，無傷大雅。而且世事多變，往往變則通，在推拖之際，情勢起了變化，可能一些棘手的問題會自然解決。「不需計較苦勞心，萬事元來有命！」好像有時候餡餅是會從天上掉下來似的。這種打算只有一失，因為人生無常，如石火風燈，今天之後有明天，明天之後還有明天，可是誰也不知道自己還有沒有

⑤　中饋，家庭的飲食，廚房裏的事。

明天。即使命不該絕，明天還有明天的事，事越積越多，越多越懶得去做。「蝨多不癢，債多不愁」，那是自我解嘲！懶人做事，拖拖拉拉，到頭來沒有不丟三落四，狼狽慌張的。你懶，別人也懶，一推再推，推來推去，其結果只有誤事。

懶不是不可醫，但須下手早，而且須從小處着手。這事需勞做父母的幫一把手。有一家三個孩子都貪睡懶覺，遇到假日還理直氣壯地大睡，到時候母親拿起曬衣服用的竹竿在三張小床上橫掃，三個小把戲像鯉魚打挺似的翻身而起。此後他們養成了早起的習慣，一直到大。父親房裏有幾份報紙，歡迎閱覽，但是他有一個怪毛病，任誰看完報紙之後，必須摺好疊好放還原處，否則他就大吼大叫。於是三個小把戲觸類旁通，不但看完報紙立即還原，對於其他家中日用品也不敢隨手亂放。小處不懶，大事也就容易勤快。

我自己是一個相當地懶的人，常走抵抗最小的路，虛擲不少的光明。「架上非無書，眼慵不能看」（白香山句）。等到知道用功的時候，徒驚歲晚而已。英國十八世紀的綏夫特⑥，偕僕遠行，路途泥濘，翌晨呼僕擦洗他的皮靴，僕有難色，他說：「今天擦洗乾淨，明天還是要泥污。」綏夫特說：「好，你今天不要吃早餐了。今天吃了，明天還是要吃。」唐朝的高僧百丈禪師，以「一日不作，一日不食」自

⑥ 綏夫特，現通譯斯威夫特（1667—1745），英國著名文學大師。著有諷刺作品巨著《格列佛遊記》。

勵，每天都要勞動做農事，至老不休。有一天他的弟子們看不過，故意把他的農具藏了起來，使他無法工作，他於是真個地餓了自己一天沒有進食。得道的方外的人都知道刻苦自律。清代畫家石谿⑦和尚在他一幅《溪山無盡圖》上題了這樣一段話，特別令人警惕。

大凡天地生人，宜清勤自持，不可懶惰。若當得個懶字，便是懶漢，終無用處。……殘衲住牛首山房朝夕焚誦，稍餘一刻，必登山選勝，一有所得，隨筆作山水數幅或字一段，總之不放閒過。所謂靜生動，動必作出一番事業。端教一個人立於天地間無愧。若忽忽不知，懶而不覺，何異草木！

一株小小的含羞草，尚且不是完全的「忽忽不知，懶而不覺」！若是人而不如小草，羞！羞！羞！

名家散文必讀系列・梁實秋

⑦　石谿（1612—1692），清末清初畫僧，善畫山水，亦工人物、花卉。

豆汁兒

導讀

　　梁實秋曾寫過一系列關於飲食的小文章，把很多菜餚、小吃等收錄其中，並曾以《雅舍談吃》為名結集出版。作者在一篇名為《饞》的文章中說：「饞，則着重在食物的質，最需要滿足的是品味。上天生人，在他嘴裏安放一條舌，舌上有無數的味蕾，叫人焉得不饞？饞，給予生理的要求，也可以發展成為近於藝術的趣味。」「雅舍談吃」系列文章就把食物上升到藝術的層次，不疾不徐，娓娓道來。

　　豆汁兒是北京特有的食品，是北京傳統文化的一個標誌性意象。梁實秋生在北京，但後半生輾轉美國、台灣地區，對北京的小吃非常思念。20 世紀 60 年代，時在台北的梁實秋說：「我如今閒時沉思，北平零食小販的呼聲儼然在耳，一個個如在目前。」其思念之深，令人動容。正如學者孔潤常所說：「梁實秋自從 1949 年離開祖國大陸，在台灣生活近 40 年，思念故鄉之情一直縈繞着他。細品其《雅舍談吃》諸多膾炙人口的談吃文章，也可從中咀嚼出梁先生濃郁的鄉思和鄉情。」「梁實秋深愛故鄉，也深愛故鄉的各種風味美食。從他談吃的文章中，透射出了一股濃郁的老北京民間文化之風韻，更引人入勝地展現了舊時京城的一幅幅飲食風俗的畫卷。」

　　本文題目為「豆汁兒」，實際上是思念豆汁兒，思念北京的美食，也是思念家鄉，思念故園。

豆汁下面一定要加一個「兒」字，就好像吃雞蛋的時候雞子下面一定要加一個「兒」字，若沒有這個輕讀的語尾，聽者就會不明白你的語意而生誤解。

　　胡金銓[①]先生在談老舍的一本書上，一開頭就說：不能喝豆汁兒的人算不得是真正的北平人。這話一點兒也不錯。就是在北平，喝豆汁兒也是以北平城裏的人為限，城外鄉間沒有人喝豆汁兒，製作豆汁兒的原料是用以餵豬的。但是這種原料，加水熬煮，卻成了城裏人個個歡喜的食物。而且這與階級無關。賣力氣的苦哈哈，一臉漬泥兒，坐小板凳兒，圍着豆汁兒挑子，啃豆腐絲兒捲大餅，喝豆汁兒，就鹹菜兒，固然是自得其樂。府門頭兒[②]的姑娘、哥兒們，不便在街頭巷尾公開露面，和窮苦的平民混在一起喝豆汁兒，也會派底下人或是老媽子拿砂鍋去買回家裏重新加熱大喝特喝。而且不會忘記帶回一碟那挑子上特備的辣鹹菜，家裏儘管有上好的醬菜，不管用，非那個廉價的大醃蘿蔔絲拌的鹹菜不夠味。口有同嗜，不分貧富老少男女。我不知道為甚麼北平人養成這種特殊的口味。南方人到了北平，不可能喝豆汁兒的，就是河北各縣也沒有人能容忍這個異味而不齜牙咧嘴。豆汁兒之妙，一在酸，酸中帶餿腐的怪味；二在燙，只能吸溜吸溜地喝，不能大口猛灌；三在鹹菜的辣，辣得舌尖發麻。越辣

名家散文必讀系列・梁實秋

①　胡金銓（1931—1997），中國香港著名電影導演、編劇、製片人。
②　府門頭兒，指王公貴族家宅。

越喝，越喝越燙，最後是滿頭大汗。我小時候在夏天喝豆汁兒，是先脫光脊樑，然後才喝，等到汗落再穿上衣服。

自從離開北平，想念豆汁兒不能自已。有一年我路過濟南，在車站附近一個小飯鋪牆上貼着條子說有「豆汁」發售。叫了一碗來吃，原來是豆漿。是我自己疏忽，寫明的是「豆汁」，不是「豆汁兒」。來到台灣，有朋友說有一家飯館兒賣豆汁兒，乃偕往一嘗。烏糟糟的兩碗端上來，倒是有一股酸餿之味觸鼻，可是稠糊糊的像麥片粥，到嘴裏很難下嚥。可見在甚麼地方吃甚麼東西，勉強不得。

豆腐

◖ 導讀

　　本文亦為「雅舍談吃」系列的一篇。把日常生活中常見的、名不見經傳的豆腐寫得活色生香。文中列舉了幾種豆腐的菜餚，穿插着生活的瑣事，平淡而又情真意切。文中提到的「厚德福」，是作者親自經營的一家餐館。作者的同事李清悚回憶說：「實秋為人倜儻自如，風流瀟灑。擅書畫，愛吟哦；好啖飲，工烹調。他家居北京時，家人曾與人經營『厚德福飯莊』，是河南風味。抗戰軍興，北京淪陷，『厚德福飯莊』收歇。實秋把它遷到北碚，重行開張。以清蒸魚翅、瓦塊魚、溜黃菜，為當時流亡嘉陵江畔的騷人墨客所喜愛。可惜不兩年敵機轟炸北碚，飯莊遭炸毀，『厚德福』遂收歇。」

　　文中提到的台北天廚，是梁實秋夫婦最喜歡光顧的餐館之一。作家馬逢華說，梁實秋夫婦每次到台北天廚，「招待人員無須吩咐就會到經理室去拿出他們兩位專用的茶葉，和經常存在那裏的保溫大茶杯」。

　　梁實秋對豆腐一往情深，本文就列舉了各種做法，即使我們不擅烹飪，讀後也會躍躍欲試。文人多好吃，也多美食家，這會給生活增添很多樂趣。

　　豆腐是我們中國食品中的瑰寶。豆腐之法，是否始於漢淮南王劉安，沒有關係，反正我們已經吃了這麼多年，至今仍然在吃。在海外留學的人，到唐人街雜碎館打牙祭[1]，少不了要吃一盤燒豆腐，方才有家鄉風味。有人在海外由於製豆腐而發了財，也有人研究豆腐而得到學位。

　　關於豆腐的事情，可以編寫一部大書，現在只是談談幾項我個人所喜歡的吃法。

　　涼拌豆腐，最簡單不過。買塊嫩豆腐，沖洗乾淨，加上一些葱花，撒些鹽，加麻油，就很好吃。若是用紅醬豆腐的汁澆上去，更好吃。至不濟澆上一些醬油膏和麻油，也不錯。我最喜歡的是香椿拌豆腐。香椿就是莊子所說的「以八千歲為春，以八千歲為秋」的椿。取其吉利，我家後院植有一棵不大不小的椿樹，春發嫩芽，綠中微帶紅色，摘下來用沸水一燙，切成碎末，拌豆腐，有奇香。可是別誤摘臭椿，臭椿就是樗，本草李時珍曰：「其葉臭惡，歉年人或採食。」近來台灣也有香椿芽偶然在市上出現，雖非臭椿，但是嫌其太粗壯，香氣不足。在北平，和香椿拌豆腐可以相提並論的是黃瓜拌豆腐，這黃瓜若是冬天溫室裏長出來的，在沒有黃瓜的季節吃黃瓜拌豆腐，其樂也如何？比松花拌豆腐好吃得多。

　　「雞刨豆腐」是普通家常菜，可是很有風味。一塊老豆腐用鏟子在炒鍋熱油裏戳碎，戳得亂七八糟，略炒一下，倒

---

[1]　打牙祭，俗語，即吃東西。

下一個打碎了的雞蛋，再炒，加大量葱花。養過雞的人應該知道，一塊豆腐被雞刨了是甚麼樣子。

鍋塌豆腐又是一種味道。切豆腐成許多長方塊，厚薄隨意，裹以雞蛋汁，再裹上一層芡粉，入油鍋炸，炸到兩面焦，取出。再下鍋，澆上預先備好的調味汁，如醬油、料酒等，如有蝦子羼②入更好。略烹片刻，即可供食。雖然仍是豆腐，然已別有滋味。台北天廚陳萬策老板，自己吃長齋，然喜烹調，推出的鍋塌豆腐就是北平作風。

沿街擔販有賣「老豆腐」者。擔子一邊是鍋灶，煮着一鍋豆腐，久煮成蜂窩狀，另一邊是碗匙佐料如醬油、醋、韭菜末、芝麻醬、辣椒油之類。這樣的老豆腐，自己在家裏也可以做。天廚的老豆腐，加上了鮑魚火腿等，身份就不一樣了。

擔販亦有吆喝「鹵煮啊，炸豆腐！」者，他賣的是炸豆腐，三角形的，間或還有加上炸豆腐丸子的，煮得爛，加上些佐料如花椒之類，也別有風味。

一九二九年至一九三〇年之際，李璜③先生宴客於上海四馬路美麗川（應該是美麗川菜館，大家都稱之為美麗川），我記得在座的有徐悲鴻、蔣碧微④等人，還有我不能忘的席中的一道「蠔油豆腐」。事隔五十餘年，不知李幼老

---

② 羼（chàn），攙雜、混雜。

③ 李璜（1895—1991），中國現當代學者、政治活動家。下文的幼老為其號。

④ 蔣碧微（1899—1978），時為徐悲鴻的夫人。

還記得否。蠔油豆腐用頭號大盤，上面平鋪着嫩豆腐，一片片的像瓦壟然，整齊端正，黃澄澄的稀溜溜的蠔油汁灑在上面，亮晶晶的。那時候四川菜在上海初露頭角，我首次品嚐，詫為異味，此後數十年間吃過無數次川菜，不曾再遇此一傑作。我揣想那一盤豆腐是擺好之後去蒸的，然後澆汁。

厚德福有一道名菜，嚐過的人不多，因為非有特殊關係或情形他們不肯做，做起來太麻煩，這就是「羅漢豆腐」。豆腐搗成泥，加芡粉以增其黏性，然後捏豆腐泥成小餅狀，實以肉餡，和捏湯團一般，下鍋過油，再下鍋紅燒，輔以佐料。羅漢是斷盡三界一切見思惑的聖者，焉肯吃外表豆腐而內含肉餡的丸子，稱之為羅漢豆腐是有揶揄之意，而且也沒有特殊的美味，和「佛跳牆」同是噱頭而已。

凍豆腐是廣受歡迎的，可下火鍋，可做凍豆腐粉絲熬白菜（或酸菜）。有人說，玉泉山的凍豆腐最好吃，泉水好，其實也未必。凡是凍豆腐，味道都差不多。我常看到北方的勞苦人民，辛勞一天，然後拿着一大塊鍋盔，捧着一黑皮大碗的凍豆腐粉絲熬白菜，稀裏呼嚕地吃，我知道他自食其力，他很快樂。

聾

　　老年人的身體日益衰微，開始出現一系列症狀，心理上也跟着起了變化，作者老年時遭遇了耳聾，給生活帶來諸多不便，說來讓人心酸，但作者卻以慣用的語言風格，把式微的耳聾生活寫得幽默風雅，反映了作者豁達坦然的心境。

　　作者從「門鈴」和「電話」兩個方面入手，寫出了耳聾的種種不便。朋友拜訪時使勁按門鈴，而「我」聽不見，朋友只好離開；朋友打電話，「我」也聽不見，在書桌上、枕邊、飯桌旁、客廳裏裝了好幾部分機，仍舊不能解決問題。這些煩惱作者似乎並不介意，反倒希望來拜訪的客人都像王徽之雪夜訪戴那樣乘興而來、興盡而返，反映了梁實秋文章中慣有的文人雅趣和通達樂觀的精神。文章進一步引申開去，說耳聾可以遮擋一些不願聽的噪聲，過濾一些別人的惡語相向。但又馬上思辨地說，自己「尚未到泰山崩於前而不動聲色的地步，種種噪音還是多多少少使我心煩」，而「惡言惡語多半是躲在你背後說。所以，聾固然聽不見人罵，不聾，也聽不見」。把聾的思考上升到人生哲思的層面，也是梁實秋文章的一貫特色。

　　本書還收入梁實秋的《老年》，寫了老年的種種不便，讀者可以參照閱讀。

我寫過一篇《聾》。近日聾且益甚。英語形容一個聾子，「聾得像是一根木頭柱子」，「像是一條蛇」，「像是一扇門」，「像是一隻甲蟲」，「像是一隻白貓」。我尚未聾得像一根木頭柱子或一扇門那樣。蛇是聾的，我聽說過，弄蛇者吹起笛子就能引蛇出洞，使之昂首而舞，不是蛇能聽，是牠能感到音波的震動。甲蟲是否也聾，我不大清楚。我知道白貓是絕對不聾的。我們家的白貓王子，豈但不聾，主人回家時房門鑰匙轉動作響，牠就會豎起耳朵躥到門前來迎。我喊牠一聲，牠若非故意裝聾，便立刻回答我一聲，我雖然聽不見牠的答聲，我看得見牠因作答而肚皮微微起伏。貓不聾，貓若是聾，牠怎能捉老鼠，牠叫春做啥？

我雖然沒有全聾，可是也聾得可以。我對於鈴聲特別的難於聽得入耳。普通的鬧鐘，響起來如蚊鳴，焉能喚醒夢中人？菁清[1]給我的一隻鬧鐘，鈴聲特大，足可以振聾發聵。我把它放在枕邊。說也奇怪，自從有了這個鬧鐘，我還不曾被它鬧醒過一次。因為我心裏記掛着它，總是在鈴響半小時之前先已醒來，急忙把鬧鐘關掉。我的心裏有一具鬧鐘。裏外兩具鬧鐘，所以我一向放心大膽睡覺，不虞失時。

門鈴就不同了。我家門鈴不是普通一按就嗞嗞響的那種，也不是像八音盒似的那樣叮叮噹噹地奏樂，而是一按就啾啾啾啾如鳥鳴。自從我家的那隻畫眉鳥死了之後。我久矣

---

[1] 菁清，即韓菁清（1931—1994），才女、歌星、影星，梁實秋的第二任妻子。

夫不聞爽朗的鳥鳴。如今門鈴啾啾叫，我根本聽不見。客人猛按鈴，無人應，往往廢然去。如果來客是事前約好的，我就老早在近門處恭候，打開大門，還有一層紗門，隔着紗門看到人影幢幢，便去開門迎客。「老聃之弟子，有亢倉子者，得聃之道，能以耳視而目聽。」（《列子・仲尼》）耳視我辦不到，目聽則庶幾近之。客人按鈴，我聽不見鈴響，但是我看見有人按鈴了。

電話對我又是一個難題。電話鈴沒有特大號的，而且打電話來的朋友大半都性急，鈴響三五聲沒人應，他就掛斷，好像人人都該隨時守着電話機聽他說話似的。凡是電話來，未必有好消息，也未必有甚麼對我有利之事。但是朋友往還，何必曰利？有人在不願接電話的時間內，拔掉插頭，鈴就根本不會響。我狠不下這份心。無可奈何，我裝上幾個分機，書桌上、枕邊、飯桌旁、客廳裏。儘管如此，有時還是聽不到鈴響，俟聽到時對方不耐煩而掛斷了。

有一位好心的讀者寫信來說：「先生不必為聾而煩惱，現在有一種新的辦法，門鈴或電話機上都可以裝置一盞紅色電燈泡，鈴響同時燈亮。」我十分感謝這位讀者對我的關懷。這也是以目代耳的辦法，我準備採納。不過較根本解決的辦法，是大家體恤我的耳聾，不妨常演王徽之雪夜訪戴[2]

② 典出《晉書・王徽之傳》。王徽之（約 338—386），東晉名士，一天晚上突降大雪，王很思念自己的好友戴逵（？—396），便深夜前往，行至戴逵門前未進而返，王徽之乘興而來，反映了魏晉時期名士風雅灑脫的生活態度。

的故事，而我亦絕不介意門可羅雀的景況之出現。需要一通
情愫的時候，假紙筆代喉舌，寫個三行五行的短箋，豈不甚
妙？我最嚮往六朝人的短札，寥寥數語，意味無窮。

　　朋友們時常安慰我說：「耳聾焉知非福？首先，這年頭
兒噪音太多，轟隆轟隆的飛機響，呼嘯而過的汽車機車聲，
吹吹打打的喪車行列，劈劈啪啪的鞭炮，街頭巷尾裝擴音器
大吼的小販，舍前舍後成羣結隊的兒童銳聲尖叫……這些
噪音不聽也罷，落得耳根清淨。」話是不錯，不過我尚無這
麼大的福分，尚未到泰山崩於前而不動聲色的地步，種種噪
音還是多多少少使我心煩。饒是我聾，我還嚮往古人帽子上
簪笄兩端懸着兩塊充耳琇瑩[3]，多少可以擋住一點噪音。

　　「『人嘴兩張皮』，最好飛短流長，造謠生事，某某畸
戀，某某婚變，某某逃亡，某某犯案，凡是報紙上的社會新
聞都會說得如數家珍。這樣長舌的人到處都有，令人聽了心
煩，你聽不見也就罷了，你沒有多少損失。至少有人罵你，
挖苦你，諷刺你，你充耳不聞，當然也就不會計較，也就不
會耿耿於懷，省卻許多煩惱。」別人議論我，我是聽不見，
可是我知道他在議論我，因為他斜着眼睛睨視我的那副神氣
不能使我沒有感覺。而且我知道他所議論的話，大概是謔而
不虐，無傷大雅的，因為他議論風生的時候嘴角常是掛着一
絲微笑，不可能含有多少惡意。何況這年頭兒，難得有人肯
當面罵人，凡是惡言惡語多半是躲在你背後說。所以，聾固

---

③　古人會在兩耳邊垂兩塊玉，是高雅君子的象徵。

然聽不見人罵，不聾，也聽不見。

有人勸我學習脣讀法，看人的嘴脣怎樣動就可以知道他說的是甚麼話。假如學會了脣讀，我想也有麻煩，恐怕需要整天地睜一眼閉一眼，否則凡是嘴脣動的人你都會以目代耳，豈不煩死人？耳根剛得清淨，眼根又不得安寧了。「吉人之辭寡，躁人之辭多。」難得遇到吉人，不如索性安於聾聵。

安於聾聵亦非易易。因為大家習慣了把我當做一個耳聰的人，並且不習慣於和一個聾子相處。看人嘴脣動，我可不敢唯唯否否，因為何時宜唯唯，何時宜否否，其間大有講究。我曾經一律以點頭稱是來應付，結果鬧出很尷尬的場面。我發現最好的應付方法是面部無表情，作白痴狀。瞎子常戴黑眼鏡，走路時以手杖探地，人人知道他是瞎子，都會躲着他。聾子沒有標誌，兩隻耳朵好好的，不像是甚麼零件出了毛病的人。還有熱心人士會附在我耳邊竊竊私語，其實吱吱喳喳的耳語我更聽不見，只覺得一口口的唾沫星子噴在我的臉上，而且只好聽其自乾。

廣　告

　　現代人已經幾乎完全生活在廣告的世界裏了。耳目之接觸無不是廣告，正如本文所說：「早起打開報紙，觸目煩心的是廣告，廣告，出去散步映入眼簾的又是廣告，廣告，午後綠衣人來投送的也多是廣告，廣告，晚上打開電視仍然少不了廣告，廣告。」

　　作者開篇用回憶的筆調寫道：「從前舊式商家講究貨真價實，一旦做出了名，口碑載道，自然生意鼎盛，無需大吹大擂，廣事招徠。」如買藥就去同仁堂，買服裝衣料就到瑞蚨祥，買茶葉就到東鴻記、西鴻記，買醬羊肉要去月盛齋，買醬菜要到六必居……因為這些商家信譽好、口碑好，「不在報紙上登廣告，不派人撒傳單」，人們仍會去光顧。但是隨着時代的改變，商家們開始大張旗鼓地做起了廣告，手法很誇張，宣傳很直接。「爾後廣告方式，日新月異，無孔不入，大有泛濫成災之勢。廣告成了工商業的出品成本之重要項目。」

　　刊登廣告，宣傳自己的商品，本也是天經地義的。但作者的煩惱是，廣告太多了，已經泛濫成災，擠壓得重要信息侷促一隅，「不免令讀者報以冷眼，甚或嗤之以鼻。」更有甚者，無孔不入、貼得到處都是的小廣告確實有礙觀瞻。而且更糟糕的情況是，這些小廣告很少有人真正理會。

　　想必讀者們會對這篇文章深有同感。我們在日常生活中也已經被廣告包圍。在家看電視、看報是廣告，出門坐地鐵、坐巴士是廣告，商場的大屏幕上是廣告……正如文中所說：「每日生活被廣告折磨得夠苦，要想六根清淨，看來頗不容易。」

從前舊式商家講究貨真價實，一旦做出了名，口碑載道，自然生意鼎盛，無需大吹大擂，廣事招徠。北平同仁堂樂家老鋪，小小的幾間門面，比街道的地面還低矮兩尺，小小的一塊匾，沒有高擎的「丸散膏丹道地藥材」的大招牌，可是每天一開門就是顧客盈門，裏三層外三層，真是擠得水泄不通（那時候還沒有所謂排隊之說）。沒人能冒用同仁堂的名義，同仁堂只此一家，別無分店，要抓藥就要到大柵欄去擠。

這種情形不獨同仁堂一家為然。買服裝衣料就到瑞蚨祥，買茶葉就到東鴻記、西鴻記，準沒有錯。買醬羊肉到月盛齋，去晚了買不着。買醬菜到六必居，也許是嚴嵩的那塊匾引人。吃螃蟹、涮羊肉就到正陽樓，吃烤牛肉就要照顧安兒胡同老五，喝酸梅湯要去信遠齋。他們都不在報紙上登廣告，不派人撒傳單。大家心裏都有數。做買賣的規規矩矩做買賣，他們不想發大財，照顧主兒也老老實實地做照顧主兒，他們不想試新奇。

但是時代變了，誰也沒有辦法教它不變。先是在前門大街信昌洋行樓上豎起「仁丹」大廣告牌，好像那翹鬍子的人頭還不夠惹人厭，再加上誇大其詞的「起死回生」的標語。猶嫌招搖不夠盡興，再補上一個由一羣叫花子組成的樂隊，吹吹打打，穿行市街。仁丹是還不錯，可是日本人那一套宣傳伎倆，我覺得太討厭了。

由西直門通往萬壽山那一條大道，中間黃土鋪路，經常有清道夫一勺一勺地潑水，兩邊是大石板路，供大排子車使用，邊上種植高大的柳樹，古道垂楊，夾道飄拂，頗為壯觀

可喜。不知從哪一天起，路邊轉彎處立起了一兩丈高的大木牌，強盜牌的香煙，大聯珠牌的香煙，如雨後春筍出現了。我每星期週末在這大道上來往一回，只覺得那廣告收了破壞景觀之效，附帶着還惹人厭。我不吸煙，到了吸煙的年齡我也自知選擇，誰也不會被一個廣告牌子所左右。

坐火車到上海，沿途看見「百齡機」的看板子，除了三個大字之外還有一行小字「有意想不到之效力」。到底那百齡機是甚麼東西，有甚麼意想不到的效力，誰也説不清，就這樣糊裏糊塗地發生了廣告效果，不少人盲從附和。《小説月報》、《東方雜誌》也出現了「紅色補丸」的廣告，畫的是一個佝僂着腰的老人，手附着胯，旁邊注着「圖中寓意」四個字。寓甚麼意？補丸而可以用顏色為名，我只知道明末三大案，皇帝吃了紅丸而暴崩[①]。

這些都還是廣告術的初期亮相。爾後廣告方式，日新月異，無孔不入，大有泛濫成災之勢。廣告成了工商業的出品成本之重要項目。

報紙刊登廣告，是天經地義。人民大眾利用刊登廣告的辦法，可以警告逃妻，可以鳳求凰或凰求鳳，可以叫賣價格低廉而美輪美奐的瓊樓玉宇，可以報失，可以道歉，可以鳴謝救火，可以感謝良醫，可以宣揚仙藥，可以賀人結婚，可以賀人家的兒子得博士學位，可以一大排一大排訃告同一某

---

① 明末泰昌元年，光宗病重，吃了進獻的紅丸後暴卒，或疑被鄭貴妃下毒。「紅丸案」被稱為明末三大案之一。

某董事長的死訊，可以公開訴願喊冤，可以公開歌功頌德，可以宣告為某某舉辦冥壽，可以公告拒絕往來戶，可以揭露各種考試的金榜，可以……不勝枚舉。我的感想是：廣告太多了，時常把新聞擠得侷促一隅。有些廣告其實是浪費，除了給報館增加收益之外，不免令讀者報以冷眼，甚或嗤之以鼻。同時廣告所佔篇幅有時也太大了，其實整版整頁的大廣告嚇不倒人。外國的報紙，不限張數，廣告更多，平常每日出好幾十張，星期日甚至好幾百頁，報童暗暗叫苦，收垃圾的人也吃不消。我國的報紙好像情形好些，廣告再多也是在那三大張之內，然而已經令人感到泛濫成災了。

雜誌非廣告不能維持，其中廣告客戶不少是人情應酬，並非心甘情願送上門來，可是也有聲望素著的大刊物，一向以不登載廣告為傲，也禁不住經濟考慮而大開廣告之門。我們不反對刊物登載廣告，只是登載廣告的方式值得研究。有些雜誌的廣告部分特別選用重磅的厚紙，彩色精印，有喧賓奪主之勢，更有魚目混珠之嫌。有人對我說，這樣的刊物到他手裏，對不起，他時常先把廣告部分盡可能地撕除淨盡，然後再捧而讀之。我說他做得過分，辜負了廣告客戶的好意，他說為了自衛，情非得已。他又說，利用郵遞投送廣告函的，他也是一律原封投入字紙簍裏，他沒有工夫看。

我不懂為甚麼大街小巷有那麼多的搬家小廣告到處亂貼，牆上、樓梯邊、電梯內，滿坑滿谷。沒有地址，只具電話號碼。黏貼得還十分結實，洗刷也不容易。更有高手大概會飛簷走壁，能在大廈二三丈高處的壁上張貼。聽說取締過一陣，但是野火燒不盡，春風吹又生了。

　　有吉房招租的人，其心情之急是可以理解的。在報紙上登個分類小廣告也就可以了，何必寫紅紙條子到處亂貼。我最近看到這樣的大張紅紙條子貼在路旁郵箱上了。顯然有人去撕，但是撕不掉，經過多日雨淋才脫落一部分，現在還剩有斑駁的紙痕留在郵箱上！

　　電視上的廣告更不必說，天下沒有白吃的午餐，沒有廣告哪裏能有節目可看？可是那些廣告逼人而來，真殺風景。我不想買大廈房子，我也沒有香港腳，我更不打算進補，可是那些廣告偏來呶呶②不休，有時還重複一遍。有人看電視，一見廣告上映，登時閉上眼睛養神，我沒有這樣本領，我一閉眼就真個睡着了。我應變的辦法是只看沒有廣告的一段短短的節目，廣告一來我就關掉它。這樣做，我想對自己沒有多大損失。

　　早起打開報紙，觸目煩心的是廣告，廣告，出去散步映入眼簾的又是廣告，廣告，午後綠衣人③來投送的也多是廣告，廣告，晚上打開電視仍然少不了廣告，廣告。每日生活被廣告折磨得夠苦，要想六根清淨，看來頗不容易。

---

②　呶呶（náo náo），喧譁。

③　綠衣人，指郵差。郵差多穿綠衣服。

送行

導讀

　　本文最初刊載於 1947 年 1 月 11 日《世紀評論》第 2 期。

　　古代交通不便，戰亂頻仍，很多人一旦分別，重聚不易，或許再不能相見，所以「多情自古傷離別」，「黯然銷魂者，惟別而已矣」。因此作者在文中說送行的妙處「在於純樸真摯，出之於瀟灑自然」。但現代社會不同，交通方便，送往迎來很普遍。送行「和拜壽、送殯等等一樣地成為應酬的禮節之一」。一旦成為「應酬的禮節」，就失去了它本來的意義，送的人和被送的人都感到不勝其煩。因作者用送行中發生的兩個烏龍事件解構了送行的高尚的意義。一是專業演員扮演出的離別的悲傷，一是眾人送別發生的荒謬與慌亂。所以作者說：「我不願送人，亦不願人送我，對於自己真正捨不得離開的人，離別的那一剎那像是開刀，凡是開刀的場合照例是應該先用麻醉劑，使病人在迷濛中度過那場痛苦，所以離別的苦痛最好避免。」本文反對應酬性的送行，是為了還原友誼的純真自然。

　　梁實秋在生活中非常重視友誼。1975 年 5 月，他在《自選集》自撰小傳中說：「生平無所好，惟好交友、好讀書、好議論。」1986 年台灣女作家季季訪問他時，他又重提「三好」，「我說過我有三好，現在情況也稍有不同了。我好交友，但是若干年來，好友逐漸凋零，或是因故疏遠了」，言談之中帶着傷感。

「黯然銷魂者，惟別而已矣。」[1] 遙想古人送別，也是一種雅人深致。古時交通不便，一去不知多久，再見不知何年，所以南浦唱支驪歌，灞橋折條楊柳，甚至在陽關敬一杯酒，都有意味。李白的船剛要啟碇，汪倫老遠地在岸上踏歌而來，那幅情景真是歷歷如在目前。其妙處在於純樸真摯，出之於瀟灑自然。平夙莫逆於心，臨別難分難捨。如果平常我看着你面目可憎，你覺得我語言無味，一旦遠離，那是最好不過，只恨世界太小，惟恐將來又要碰頭，何必送行？

在現代人的生活裏，送行是和拜壽、送殯等等一樣地成為應酬的禮節之一。「揪着公雞尾巴」起個大早，迷迷糊糊地趕到車站碼頭，擠在亂哄哄人羣裏面，找到你的對象，扯幾句淡話，好容易耗到汽笛一叫，然後作鳥獸散，吐一口輕鬆氣，噘着大嘴回家。這叫做周到。在被送的那一方面，覺得熱鬧，人緣好，沒白混，而且體面，有這麼多人捨不得我走，斜眼看着旁邊的沒人送的旅客，相形之下，尤其容易起一種優越之感，不禁精神抖擻，恨不得對每一個送行的人要握八次手，道十回謝。死人出殯，都講究要有多少親友執紼，表示戀戀不捨，何況活人？行色不可不壯。

悄然而行似是不大舒服，如果別的旅客在你身旁耀武揚威地與送行的話別，那會增加旅中的寂寞。這種情形，中外皆然。Max Beerbohm[2] 寫過一篇《談送行》。他說他在車

---

[1] 關於送別的名句。出自南朝文學家江淹（444—505）的《別賦》。

[2] Max Beerbohm，通譯麥克斯·畢爾勃姆（1872—1956），英國著名諷刺畫家、散文家和劇評家。

站上遇見一位以演劇為業的老朋友在送一位女客，始而喁喁情話，俄而淚濕雙頰，終乃汽笛一聲，勉強抑止哽咽，向女郎頻頻揮手，目送良久而別。原來這位演員是在做戲，他並不認識那位女郎，他是屬於「送行會」的一個職員，凡是旅客孤身在外而願有人到站相送的，都可以到「送行會」去僱人來送。這位演員出身的人當然是送行的高手，他能放進感情，表演逼真。客人納費無多，在精神上受惠不淺。尤其是美國旅客，用金錢在國外可以購買一切，如果「送行會」真的普遍設立起來，送行的人也不虞缺乏了。

送行既是人生中所不可少的一樁事，送行的技術也便不可不注意到。如果送行只限於到車站碼頭報到，握手而別，那麼問題就簡單，但是我們中國的一切禮節都把「吃」列為最重要的一個項目。一個朋友遠別，生怕他餓着走，餞行是不可少的，恨不得把若干天的營養都一次囤積在他肚裏。我想任何人都有這種經驗，如有遠行而消息外露（多半還是自己宣揚），他有理由期望着餞行的帖子紛至沓來，短期間家裏可以不必開伙。還有些思慮更周到的人，把食物攜在手上，親自送到車上船上，好像是你在半路上會要挨餓的樣子。

我永遠不能忘記最悲慘的一幕送行。一個嚴寒的冬夜，車站上並不熱鬧，客人和送客的人大都在車廂裏取暖，但是在長得沒有止境的月台上卻有黑查查的一堆送行的人，有的圍着斗篷，有的戴着風帽，有的腳尖在洋灰地上敲鼓似的亂動，我走近一看全是熟人，都是來送一位太太的。車快開了，不見她的蹤影，原來在這一晚她還有幾處餞行的宴會。

在最後的一分鐘，她來了。送行的人們覺得是在接一個人，不是在送一個人，一見她來到大家都表示喜歡，所有惜別之意都來不及表現了。她手上抱着一個孩子，嚇得直哭，另一隻手扯着一個孩子，連跑帶拖，她的頭髮蓬鬆着，嘴裏噴着熱氣像是冬天載重的騾子，她顧不得和送行的人周旋，三步兩步地就跳上了車。這時候車已在蠕動。送行的人大部分都手裏提着一點東西，無法交付，可巧我站在離車門最近的地方，大家把禮物都交給了我：「請您偏勞給送上去吧！」我好像是一個聖誕老人，抱着一大堆禮物，我一個箭步躥上了車，我來不及致辭，把東西往她身上一扔，回頭就走，從車上跳下來的時候，打了幾個轉才立定腳跟。事後我接到她一封信，她說：

那些送行的都是誰？你丟給我那一堆東西，到底是誰送的？我在車上整理了好半天，才把那堆東西聚攏起來打成一個大包袱。朋友們的盛情算是給我添了一件行李。我願意知道哪一件東西是哪一位送的，你既是代表送上車的，你當然知道，盼速見告。

計開

水果三筐，泰康罐頭四個，果露兩瓶，蜜餞四盒，餅乾四罐，豆腐乳四罐，蛋糕四盒，西點八盒，紙煙八聽，信紙信封一匣，絲襪兩雙，香水一瓶，煙灰碟一套，小鐘一具，衣料兩塊，醬菜四簍，繡花拖鞋一雙，大麵包四個，咖啡一聽，小寶劍兩把……

這問題我無法答覆，至今是個懸案。

　　我不願送人，亦不願人送我，對於自己真正捨不得離開的人，離別的那一剎那像是開刀，凡是開刀的場合照例是應該先用麻醉劑，使病人在迷濛中度過那場痛苦，所以離別的苦痛最好避免。一個朋友說：「你走，我不送你；你來，無論多大風多大雨，我要去接你。」我最賞識那種心情。

罵人的藝術

　　談話有藝術，罵人也有藝術嗎？答案是有的。作者在本文中就指出了罵人的幾個技藝，既犀利深刻，又詼諧有趣，讀來讓人感覺頗有意味。

　　在現代文壇上，梁實秋確實是「罵過人」的，曾挑起了兩次比較大的論爭，一是他跟魯迅之間有關「人性和階級性」的論爭，一是在重慶期間發表的「與抗戰無關」的言論引發的爭議。這兩次論爭使得梁實秋長期以來在現代文學史上以負面形象出現，不被主張文學有階級性，要為抗戰服務的無產階級文學界接受。本文所謂「罵人的藝術」，大概跟他的論爭經歷有關。

　　著名詩人余光中說梁實秋散文的特點，「首先是機智閃爍，諧趣迭生，時或滑稽突梯，卻能適可而止，不墮俗趣。他的筆鋒有如貓爪戲人而不傷人，即使譏諷，針對的也是眾生的共相，而非私人，所以自有一種溫柔的美感距離。其次是篇幅濃縮，不務鋪張，而轉折靈動，情思之起伏往往點到為止。此種筆法有如畫上的留白，讓讀者自己去補足空間。梁先生深信『簡短乃機智之靈魂』，並且主張『文章要深，要遠，就是不要長。』」本文就鮮明地具有余光中筆下的上述兩大特點，以精練的篇幅，機智的筆墨，討論「罵人」的問題，使得這一本來不大光彩的行為藝術化了，讀來頗能解頤。

古今中外沒有一個不罵人的人。罵人就是有道德觀念的意思。因為在罵人的時候，至少在罵人者自己總覺得那人有該罵的地方。何者該罵，何者不該罵，這個抉擇的標準，是極道德的。所以根本不罵人，大可不必。罵人是一種發泄感情的方法，尤其是那一種怨怒的感情。想罵人的時候而不罵，時常在身體上弄出毛病，所以想罵人時，罵罵何妨？

但是，罵人是一種高深的學問，不是人人都可以隨便試的。有因為罵人挨嘴巴的，有因為罵人吃官司的，有因為罵人反被人罵的，這都是不會罵人的緣故。今以研究所得，公諸同好，或可為罵人時之一助乎？

一　知己知彼

罵人是和動手打架一樣的，你如其敢打人一拳，你先要自己忖度一下，你吃得起別人的一拳否。這叫做知己知彼。罵人也是一樣。譬如你罵他是「屈死」，你先要反省，自己和「屈死」有無分別。你罵別人荒唐，你自己想曾否吃喝嫖賭。否則別人回敬你一二句，你就受不了。所以別人若有某種短處，而足下也正有同病，那麼你在罵他的時候，只得割愛。

二　無罵不如己者

要罵人需要挑比你大一點的人物，比你漂亮一點的，或者比你壞得萬倍而比你得勢的人物，總之，你要罵人，那人無論在好的一方面或壞的一方面都要能勝過你，你才不吃虧。你罵大人物，就怕他不理你，他一回罵，你就算罵着

了。因為身份相同的人才肯對罵。在壞的一方面勝過你的，你罵他就如教訓一般，他即便回罵，一般人仍然不會理會他的。假如你罵一個無關痛癢的人，你越罵他他越得意，時常可以把一個無名小卒罵出名了，你看冤與不冤？

三　適可而止

罵大人物罵到他回罵的時候，便不可再罵；再罵則一般人對你必無同情，以為你是無理取鬧。罵小人物罵到不能回罵的時候，便不可再罵；再罵下去一般人對你必無同情，以為你是欺負弱者。

四　旁敲側擊

他偷東西，你罵他是賊；他搶東西，你罵他是盜，這是笨伯。罵人必須先明虛實掩映之法，須要烘托旁襯，旁敲側擊，於緊要處只要一語便得，所謂殺人於咽喉處着刀。越要罵他你越要原諒他，即便說些恭維話亦不為過，這樣罵法才能顯得你所罵的句句是真實確鑿，讓旁人看起來也可見得你的度量。

五　態度鎮靜

罵人最忌浮躁。一語不合，面紅筋跳，暴躁如雷，此灌

夫罵座[1]、潑婦罵街之術，不足以言罵人。善罵者必須態度鎮靜，行若無事。普通一般罵人，誰的聲音高便算誰佔理，誰的來勢猛便算誰罵贏，惟真善罵人者，乃能避其鋒而擊其懈。你等他罵得疲倦的時候，你只消輕輕地回他一句，讓他再狂吼一陣。在他暴躁不堪的時候，你不妨對他冷笑幾聲，包管你不費氣力，把他氣得死去活來，罵得他針針見血。

六　出言典雅

罵人要罵得微妙含蓄，你罵他一句要使他不甚覺得是罵，等到想過一遍才慢慢覺悟這句話不是好話，讓他笑着的面孔由白而紅，由紅而紫，由紫而灰，這才是罵人上乘。欲達到此種目的，深刻之用意固不可少，而典雅之言詞則尤為重要。言詞典雅可使聽者不致刺耳。如要罵人罵得典雅，則首先要在罵時萬萬別提起女子身上的某一部分，萬萬不要涉入生理學的範圍。罵人一罵到生理學範圍以內，底下再有甚麼話都不好說了。譬如你罵某甲，千萬別提起他的令堂令妹。因為那樣一來，便無是非可言，並且你自己也不免有令堂令妹，他若回敬起來，豈非勢均力敵，半斤八兩？再者罵人的時候最好不要加人以種種難堪的名詞，稱呼起來總要客氣，即使他是極卑鄙的小人，你也不妨稱他先生，越客氣，越罵得有力量。罵的時節最好引用他自己的詞句，這不但可

---

[1]　灌夫罵座，典出《史記·魏其武安侯列傳》。灌夫（？—前 130），漢武帝時人，為人剛直不阿，好飲酒罵人。一次酒醉後大罵丞相田蚡（？—前 130），被田蚡誅殺。

以使得他難堪，還可以減輕他對你的罵的力量。俗話少用，因為俗話一覽無遺，不若典雅古文曲折含蓄。

七　以退為進

兩人對罵，而自己亦有理屈之處，則於開罵伊始，特宜注意，最好是毅然將自己理屈之處完全承認下來，即使道歉認錯均不妨事。先把自己理屈之處輕輕遮掩過去，然後你再重整旗鼓，着着逼人，方可無後顧之憂。即使自己沒有理屈的地方，也絕不可自行誇張，務必要謙遜不遑，把自己的位置降到一個不可再降的位置，然後罵起人來，自有一種公正光明的態度。否則你罵他一兩句，他便以你個人的事反脣相譏，一場對罵，會變成兩人私下口角，是非曲直，無從判斷。所以罵人者自己要低聲下氣，此所謂以退為進。

八　預設埋伏

你把這句話罵過去，你便要想想看，他將用甚麼話罵回來。有眼梢②的罵人者，便處處留神，或是先將他要罵你的話替他說出來，或是預先安設埋伏，令他罵回來的話失去效力。他罵你的話，你替他說出來，這便等於繳了他的械一般。預先安設埋伏，便是在要攻擊你的地方，你先輕輕地安下話根，然後他罵過來就等於槍彈打在沙包上，不能中傷。

---

② 　有眼梢，指有眼力，能非常敏銳或特別透徹地觀察和鑒別。

九　小題大做

如對手方有該罵之處，而題目甚小，不值一罵，或你所知不多，不足一罵，那時節你便可用小題大做的方法，來擴大目標。先用誠懇而懷疑的態度引申對方的意思，由不緊要之點引到大題目上去，處處用嚴謹的邏輯逼他說出不邏輯的話來，或是逼他說出合於邏輯而不合乎理的話來，然後你再大舉罵他，罵到體無完膚為止，而原來惹動你罵的小題目，輕輕一提便了。

十　遠交近攻

一個時候，只能罵一個人，或一種人，或一派人，絕不宜多樹敵。所以罵人的時候，萬勿連累旁人，即使必須牽涉多人，你也要表示好意，否則回罵之聲紛至沓來，使你無從應付。

罵人的藝術，一時所能想起的上面十條，信手拈來，並無條理。我做此文的用意，是助人罵人，同時也想把罵人的技術揭破一點，供愛罵人者參考。挨罵的人看看，罵人的心理原來是這樣的，也算是揭破一張黑幕給你瞧瞧！

談友誼

　　友誼，是人類社會的永恆主題。很多著名作家都對友誼進行過論述，很多偉大的友誼常常為人們所稱道。人們常常說魯迅「孤獨」，其實他對友誼看得很重。在贈瞿秋白的對聯中，魯迅說：「人生得一知己足矣，斯世當以同懷視之。」梁實秋也非常看重友誼，他的朋友吳奚真說他「性情耿介，是非分明，嫉惡如仇，而又寬厚待人，胸襟宏廓，如光風霽月」。梁實秋曾在台灣師範大學任文學院長，與校長劉真關係非常好。他曾對劉真說，只要劉真在師範大學負責一天，他就絕不離開師大。後來劉真卸任，梁實秋堅決辭掉了英語研究所主任和文學院長的行政兼職。

　　但是，重視友誼的梁實秋，也看出了「友誼」其實並不「純粹」，而是需要很多條件。比如本文談到的，交朋友要「講究門當戶對」，要有相似的性情，要有情感需求等。另外，朋友間也有很多忌諱，要保持一定的距離，還不要涉及太多的利益。「朋友本有通財之誼，但這是何等微妙的一件事！世上最難忘的事是借出去的錢，一般認為最倒霉的事又莫過於還錢。一牽涉到錢，恩怨便很難清算得清楚，多少成長中的友誼都被這阿堵物所戕害！」另外，對朋友總是勸善規過，也會損害兩個人的友誼。懂得了這些道理，會幫助一個人去建立友誼、維繫友誼。

朋友居五倫①之末，其實朋友是極重要的一倫。所謂友誼，實即人與人之間的一種良好的關係，其中包括了解、欣賞、信任、容忍、犧牲⋯⋯諸多美德。如果以友誼做基礎，則其他的各種關係如父子、夫婦、兄弟之類均可圓滿地建立起來。當然父子、兄弟是無可選擇的永久關係，夫婦雖有選擇餘地，但一經結合便以不再仳離為原則，而朋友則是有聚有散可合可分的。不過，說穿了，父子、夫婦、兄弟都是朋友關係，不過形式、性質稍有不同罷了。嚴格地講，凡是充分具備一個好朋友的條件的人，他一定也是一個好父親、好兒子、好丈夫、好妻子、好哥哥、好弟弟。反過來亦然。

　　我們的古聖先賢對於交友一端是甚為注重的。《論語》裏面關於交友的話很多。在西方亦是如此。羅馬的西塞羅②有一篇著名的《論友誼》。法國的蒙田③、英國的培根④、美國愛默生⑤，都有論友誼的文章。我覺得近代的作家在這個題目

名家散文必讀系列・梁實秋

---

① 五倫，中國古代社會的五種倫理綱常，包括君臣、父子、兄弟、夫婦、朋友。

② 西賽羅（前 106—前 43），古羅馬著名政治家、演說家、雄辯家、法學家和哲學家。

③ 蒙田（1533—1592），文藝復興時期法國作家、思想家。

④ 培根（1561—1626），文藝復興時期英國最重要的散文家、哲學家。

⑤ 愛默生（1803—1882），美國思想家、文學家、詩人。愛默生是確立美國文化的代表人物，被林肯稱為「美國文明之父」。

上似乎不大肯費筆墨了。這是不是叔季之世⑥友誼沒落的徵象呢？我不敢説。

　　古之所謂「刎頸交」，陳義過高，非常人所能企及。如 Damon 與 Pythias⑦、David 與 Jonathan⑧，怕也只是傳説中的美談罷。就是把友誼的標準降低一些，真正能稱得起朋友的還是很難得。試想一想，如有銀錢經手的事，你信得過的朋友能有幾人？在你蹭蹬⑨失意或疾病患難之中還肯登門拜訪乃至雪中送炭的朋友又有幾人？你出門在外之際對於你的妻室弱媳肯加照顧而又不照顧得太多者又有幾人？再退一步，平素投桃報李，莫逆於心，能維持長久於不墜者，又有幾人？總角之交⑩，如無特別利害關係以為維繫，恐怕很難在

---

⑥　叔季之世，比喻末世將亂的時代。古時長幼間按伯、仲、叔、季排序，叔、季排行最後。

⑦　Damon 與 Pythias，現通譯達蒙與皮西阿斯。英語諺語，刎頸之交、生死之交。傳説公元前 4 世紀的古希臘，皮西阿斯（Pythias）觸犯了暴君狄奧尼修斯，被判處死刑。他的好朋友達蒙（Damon）甘願代替他赴死。兩人的偉大友誼被不斷歌頌。

⑧　David 與 Jonathan，英語諺語，情同手足的好朋友。典出《聖經》。掃羅王有一個兒子約拿單（Jonathan），與大衛（David）非常要好。掃羅王要殺死大衛，約拿寧可背叛父親、犧牲自己也要告知大衛。引申為生死患難的好朋友。

⑨　蹭蹬（cèng dèng），路途險阻難行。比喻困頓不順利。

⑩　總角之交，童年時期就結交的好朋友。總角，古代未成年人把頭髮紮成髻。

若干年後不變成為路人。富蘭克林⑪說：「有三個朋友是忠實可靠的 —— 老妻、老狗與現款。」妙的是這三個朋友都不是朋友。倒是亞里士多德的一句話最乾脆：「我的朋友們啊！世界上根本沒有朋友。」這些話近於憤世嫉俗，事實上世界裏還是有朋友的，不過雖然無需打着燈籠去找，卻是像沙裏淘金而且還需要長時間的洗練。一旦真鑄成了友誼，便會金石同堅，永不退轉。

　　大抵物以類聚，人以羣分。臭味相投，方能永以為好。交朋友也講究門當戶對，縱不必像九品中正⑫那麼嚴格，也自然有個界線。「同學少年多不賤，五陵裘馬自輕肥」⑬，於「自輕肥」之餘還能對着往日的舊遊而不把眼睛移到眉毛上邊去麼？漢光武容許嚴子陵把他的大腿壓在自己的肚子上，固然是雅量可風，但是嚴子陵之毅然決然地歸隱於富春山⑭，則尤為知趣。朱洪武⑮寫信給他的一位朋友說：「朱元璋做了皇帝，朱元璋還是朱元璋……」話自管說得很漂亮，看看

---

⑪　富蘭克林（1706—1790），美國著名科學家、發明家、政治家、哲學家等。被譽為「資本主義精神最完美的代表」。

⑫　九品中正，中國魏晉南北朝時期的選官制度。從家世、行狀等方面對官員進行品級的分類，共有九品，故稱九品中正制。

⑬　典出杜甫《秋興八首》之三，大意即當初的同窗如今混得都很好，反襯出自己的落魄。

⑭　光武帝劉秀（前5—57），東漢開國皇帝年輕時與嚴子陵為同窗。劉秀當皇帝後，想起嚴子陵很有才氣，多次徵召其為大臣，嚴子陵婉拒之，隱居於富春山。

⑮　朱洪武，即朱元璋（1328—1398），明朝開國皇帝。洪武為其年號。

他後來之誅戮功臣，也就不免令人心悸。人的身心構造原是一樣的，但是一入宦途，可能發生突變。孔子說，無友不如己者。我想一來只是指品學而言，二來只是說不要結交比自己壞的，並沒有說一定要我們去高攀。友誼需要兩造，假如雙方都想結交比自己好的，那便永遠交不起來的。

好像是王爾德[16]說過，「一個男人與一個女人之間是不可能有友誼存在的。」就一般而論，這話是對的，因為男女之間有深厚的友誼，那友誼容易變質，如果不是心心相印，那又算不得是友誼。過猶不及，那分際是難以把握的。忘年交倒是可能的。禰衡[17]年未二十，孔融年已五十，便相交友，這樣的例子史不絕書。但似乎是也以同性為限。並且以我所知，忘年交之形成固有賴於興趣之相近與互相之器賞，但年長的一方面多少需要保持一點童心，年幼的一方面多少需要顯着幾分老成。老氣橫秋則令人望而生畏，輕薄儇佻[18]則人且避之若浼[19]。單身的人容易交朋友，因為他的情感無所寄託，漂泊流離之中最需要一個一傾積愫的對象，可是等到他有紅袖添香稚子候門的時候，心境便不同了。

「君子之交淡如水」，因為淡所以才能不膩，才能持久。「與朋友交，久而敬之。」敬也就是保持距離，也就是防止過分的親昵。不過「狎而敬之」是很難的。最要注意的

---

⑯　王爾德（1854—1900），英國才子、劇作家、詩人、散文家。

⑰　禰衡（173—198），東漢末年名士、文學家，與孔融等人親善。

⑱　儇佻（xuān tiāo），浮薄輕佻。

⑲　浼（měi），污染。

是，友誼不可透支，總是保留幾分。Mark Twain[20]說：「神聖的友誼之情，其性質是如此的甜蜜、穩定、忠實、持久，可以終身不渝，如果不開口向你借錢。」這真是慨乎言之。朋友本有通財之誼[21]，但這是何等微妙的一件事！世上最難忘的事是借出去的錢，一般認為最倒霉的事又莫過於還錢。一牽涉到錢，恩怨便很難清算得清楚，多少成長中的友誼都被這阿堵物[22]所戕害！

　　規勸乃是朋友中間應有之義，但是談何容易。名利場中，沆瀣一氣，自己都難以明辨是非，哪有餘力規勸別人？而在對方則又良藥苦口忠言逆耳，誰又願意讓人批他的逆鱗[23]？規勸不可當着第三者的面前行之，以免傷他的顏面，不可在他情緒不寧時行之，以免逢彼之怒。孔子說：「忠告而善道之，不可則止。」我總以為勸善規過是友誼之消極的作用。友誼之樂是積極的。只有神仙與野獸才喜歡孤獨，人是要朋友的。「假如一個人獨自升天，看見宇宙的大觀，羣星的美麗，他並不能感到快樂，他必要找到一個人向他述說他所見的奇景，他才能快樂。」共享快樂，比共受患難，應該是更正常的友誼中的趣味。

────────────

[20]　Mark Twain，現通譯馬克・吐溫（1835—1910），美國著名小說家。

[21]　通財之誼，在財物方面有互相接濟、互通有無的情誼。

[22]　阿堵物，即錢。

[23]　逆鱗，傳說中巨龍脖子底下巴掌大的白色鱗片，月牙狀，俗稱逆鱗，觸之龍即大怒。

流行的謬論

導讀

　　中國有很多傳統的俚語俗諺，它們是勞動人民長期生活經驗的總結，是勞動人民智慧的結晶，長時間以來一直被奉為圭臬。但是，由於古時候科學不發達，有些諺語建立在主觀臆斷的基礎上，並無科學根據；另一方面，很多俗語只是反映了人們的美好願望，不一定經得起生活的檢驗。尤其是西方的生活方式和文化觀念被大量接受之後，很多傳統俚語俗諺不再適用了。梁實秋在本文中即駁斥了八種廣為人知的俚語俗諺，證據確鑿，說理透徹，充滿智慧和思辨，體現了梁實秋散文的典型特點。

　　正如台灣作家何懷碩所說：「我讀《雅舍小品》，就想到毛姆的短篇小說。那都是經由富有洞察力的眼光，寬容的心懷，睿智的頭腦與詼諧幽默的機鋒所綜合熔鑄出來的傑作。冷雋的智慧，溫煦的胸懷，極洗練，極乾淨的句子，實秋先生文如其人，不帶一點黏滯，質樸而含有餘不盡的趣味。」「樹大自直」，「蝨多不癢，債多不愁」，「老天爺餓不死瞎家雀兒」，「好的開始便是成功的一半」……這些俗諺可能我們經常聽到，甚至被當做真理一樣灌輸，但仔細品味，就會發現其中的很多漏洞。我們且看看梁實秋是如何批判這些「流行的謬論」的吧！

有許多俚語俗諺，都是多少年下來的經驗與智慧累積鍛鍊而成。簡單的一句話，好像含着顛撲不破的真理。所以在言談之間，常被摭引[1]，有時候比古聖先賢的嘉言遺訓還更親切動人。由於時代變遷，曩昔[2]的金言有些未必可以奉為圭臬，有些即使仍在流行，事實上也已近於謬論。如要舉例，信手拈來就有下面幾條：

一　樹大自直

一個孩子，缺乏家教，或是父母溺愛，很易變成性情乖張、恣肆無禮，稍長也許還會沾染惡習，自甘墮落。常言道：「三歲看小，七歲看老。」悲觀的人就要認為這個孩子沒有出息，長大了之後大概是敗家子或社會上的蠹蟲[3]。有些人比較樂觀（包括大多數父母在內），卻另有想法：「沒關係，樹大自直。」「浪子回頭千金不換」的故事不是常有所聞的嗎？

樹大會不會都能自直，我懷疑。山水畫裏的樹很少是直的，多半是欹裏歪斜的，甚或是懸空倒掛的。「撫孤松而盤桓」，那孤松不歪不斜便很難去撫。景山上的那棵歪脖樹，是天造地設的投繯殉國的裝備，至今也沒有直起來。[4]當

---

① 摭（zhí）引，摘引。摭，拾取，摘取。
② 曩（nǎng）昔，從前。
③ 蠹（dù）蟲，比喻危害團體利益的人。
④ 相傳明王朝滅亡時，崇禎皇帝在景山一棵樹上自縊而死。繯（huán），繩套。

然，山上的巨木神木都是直挺挺地矗立着的，一片片的杉木林全是棟樑之材，也沒有一棵是彎曲的。這些樹不是長大了才變直，是生來就是直的。堂前栽龍柏，若無木架扶持，早晚會東歪西倒。

浪子回頭的事是有的，但是不多，所以一有這種事情發生便被人傳誦，算是佳話。浪子而不回頭者則滔滔皆是，沒有人覺得值得齒及。沒出息的孩子變成有出息，我們可舉出許多例子，而沒出息的孩子一直沒出息到底則如恆河沙數[5]。

樹要修要剪，要扶要培。孩子也是一樣。彎了的樹不會自直，放縱壞了的孩子大概也不會自立。西諺有云：「捨不得用板子，便會縱壞了孩子。」約翰遜博士不完全反對體罰，孩子的行為若是不正，在他身上肉厚的地方給幾巴掌，他認為最是簡捷了當的處理方法。

二　蝨多不癢，債多不愁

晉王猛「捫蝨而言，旁若無人」，固然是名士風流，無視權勢。可是他的大布褂內長滿了體蝨（有無頭蝨、陰蝨我們不知道），那分奇癢難熬，就是沒有多少經驗的人也會想像得出。嵇康與山巨源[6]絕交，也自稱「性復多蝨，把搔無

---

⑤　恆河沙數，本為佛經用語。恆河，南亞的一條大河。比喻數量多到像恆河裏的沙子那樣無法計算。

⑥　山巨源，即山濤（205—283），字巨源，「竹林七賢」之一。山濤曾推薦嵇康做官，嵇康作《與山巨源絕交書》拒絕之。

已」，作為是不堪「裏以章服揖拜上官」的理由之一。若説蟲多不癢，天曉得！蟲不生則已，生則繁殖甚速，孵化很快，蟲愈多則愈癢，勢必非「倩麻姑癢處搔」不可。

對許多人而言，借貸是尋常事。初次向人告貸，也許帶有幾分忸怩，手心朝上，「口將言而囁嚅」。既貸到手，久不能償，心頭上不能不感到壓力，不愁才怪！債愈多則壓力愈大。債主逼上門來，無辭以對，處境尷尬，設若遇到索債暴徒，則不免當場出彩。也許有人要説，近有以債養債之説，多方接納，廣開債源，債額愈大，則借貸愈易，於是由小債而變成大債，挹彼注此，左右逢源，最後由大債而變成呆賬，不了了之。殊不知這種缺德之事也不是人盡能為，必其人長袖善舞而且寡廉鮮恥，隨時擔着風險，若説他心裏坦然，無憂無慮，恐亦不然。又有人説，逋不能償，則走為上計。昔人有「債台高築」之説，所謂債台即是逃債之台。如今時代進步，欲逃債可以遠走高飛，到異鄉作寓公，不必自己高築債台，何愁之有？殊不知人非情急，誰也不願效狗急之跳牆。身在外邦，也要藏藏躲躲，見不得人，我猜想他的那種生活也不是一個愁字了得。

有蟲必癢，債多必愁。

三　老天爺餓不死瞎家雀兒

有人真相信「天地之大德曰生」，對於一切有情之倫掙扎於瀕死邊緣好像是視若無睹。人間有無法餬口者，有生而殘障者，有遭逢饑饉，旱澇蝗災，輾轉溝壑者。他認為不必着慌，「船到橋頭自然直」，冥冥之中似有主宰，到頭來大

家都有飯吃。即使是一隻瞎家雀兒也不會活生生地餓死。

誰說的！我在寒冷的北方就不止一次看到家雀從簷角墜下，顯然地是飢寒交迫而死，不過我沒有去驗牠是否瞎的。我記得哈代有一首詩，題曰《提醒者》，大意是說他在聖誕前夕正在準備過一個快樂的夜晚，忽見窗外寒枝之上落着一隻小鳥，凍得直哆嗦，餓得啄食一個硬乾果，一下子墜下去像個雪球似的死了。他歎道，我難得剛要快活一陣，你竟來提醒我生活的艱難困苦！這是典型的悲觀主義者哈代的一首小詩，他大概不知道我們的那句俗話「老天爺餓不死瞎家雀兒」。麻雀微細不足道，但是看看非洲在旱災籠罩之下，多少人都成了餓殍，白骨黃沙，慘不忍睹，是人謀不臧[7]，還是天降鞠凶[8]？人在情急的時候，無不呼天搶地，天地會一伸援手嗎？有些地方旱魃[9]肆虐，忽然大雨滂沱，大家額手相慶，感謝上蒼，沒有想到雨水滋潤了乾土，蝗蟲的卵得以在地下孵化，不久就構成了蝗災。老天爺是何居心？

天生萬物，相克相殺，沒有地方講理去，老天爺管不了許多。

四 好的開始便是成功的一半

這句話是從外語翻譯過來的，很多人常把這句話掛在嘴邊。未嘗不是一句善頌善禱的話，當事人聽了覺得很受用。

---

[7] 人謀不臧，由於人沒有謀劃好而導致了事情的失敗。臧，善、好。

[8] 天降鞠凶，發生大的天災。

[9] 旱魃（bá），傳說中造成旱災的鬼怪。

但是再想一下，一個輝煌的開始便是百分之五十成功的保證，天下有這等便宜事？

《詩‧大雅‧蕩》：「靡不有初，鮮克有終。」[10] 是比較平實的說法。我們國人做事擅長的一手是「五分鐘熱氣」，在開始時候激昂慷慨，鋪張揚厲，好像是要雷厲風行，但是過不了多久，漸漸一切拋在腦後，雖然口裏高唱「貫徹始終」，事實上常是有始無終。

參加賽跑的人，起步固然要緊，但最後勝利卻繫於臨終的衝刺。最近看我們的一個球隊參加國際比賽，開始有板有眼，好一陣子一直領先，但是後繼無力，終落慘敗，好的開始似乎無關最後的成敗。

五　眼不見為淨

老早有人勸我別吃燒餅，說燒餅裏常夾有老鼠屎，我不信。後來我好奇，有一天掰開燒餅看看，赫然一粒老鼠屎在焉。「一粒老鼠屎攪亂一鍋粥！」從此我有了戒心，不敢常吃燒餅。偶然吃一次，必先掰開仔細看看。

有人笑我過分小心。他的理論是：我們每天吃的東西種類繁多，焉能一一親自檢視，大致不差也就是了，眼不見為淨。人的肉眼本來所見有限，好多有毒的或無害的微生物都不是肉眼所能窺察得到的。眼見的未必淨，眼不見的也未必

名家散文必讀系列‧梁實秋

---

⑩　大意即所有的事情都有一個開端，但很少有能走到終點的。靡，沒有。鮮，少。克，能夠。

不淨。他這種説法好有一比，現代司法觀念之一是：凡嫌犯之未能證實其為有罪之前，一律假設其為無罪。食物未經化驗其為不淨，似乎也可以認為它是淨的。這種説法很危險，如果輕信眼不見為淨，很可能吃下某些東西而受害不淺，重則致命，輕則纏綿病榻，伏枕呻吟。

科學方法建設在幾項哲學假設上面，其中之一是假設物質乃普遍的一致。抽樣檢查之可靠性也是假設其全部品質都是一樣的。我們除了信賴科學檢驗之外別無選擇。俗語説：「過水為淨。」不失為可行，蔬菜水果之類多洗幾遍即可減除其中殘留的農藥。不過食物不是都可以水洗的。

「眼不見為淨」之説固不可盲從，所謂「沒髒沒淨，吃了沒病」之説簡直是荒謬。

六　伸手不打笑臉人

笑臉是不常見的。常見的是面皮繃得緊緊的驢臉，可以刮下一層霜的冷臉，好像才吞了農藥下去的苦臉，睡眠不足的或是劬勞瘏悴[11]的病臉，再不就是滿臉橫肉的兇臉。所以我們偶然看見一張笑臉，不由得不心生喜悦。那笑臉也許不是生自內心而自然流露，也許是為了某種需要而強作笑顏。臉不必笑得像一朵花，只要面部肌肉稍為放鬆，嘴角稍為咧開一點，就會給人以相當的舒適感。我一向相信，笑臉是人

---

[11]　劬（qú）勞瘏（tú）悴，劬勞指父母養育子女的辛苦；瘏悴，因疲勞而致病，憔悴。

際關係中可以通行無阻的安全證。即使人在盛怒之中，摩拳擦掌，但是不會去打一個笑臉人，他下不去手。

最近看了報上一則新聞，開始覺得笑臉並不一定能保障一個人的安全。賠笑臉有時還是免不了挨嘴巴，事屬常有，我所見的這條新聞卻不尋常。有一位不務正業而專走邪道的青年，有一天踉蹌地回家，狠狠地伏在案頭，一言不發。老母見狀，不禁莞爾。這一笑，不打緊，不知年輕人是誤會為譏笑、訕笑，或是冷笑，他上去對準老母胸前就是一拳。老母應拳而倒，一命歸西！微微一笑引起致命的一拳。以後下文如何，不得而知。

人到了要伸手打人的時候，笑臉不但不足以禦強拳，而且可以招致殺身之禍。但願這是一條孤證。

七　吃一行，恨一行

「三百六十行，行行出狀元。」這是說職業不分上下，每一行範圍之內，一個人只要努力，不愁不能出人頭地，做到頂尖的位置。這也是勸勉人各就崗位奮鬥向上，不要一味地「這山望着那山高」。究竟行還是有高低，猶山之有高低，狀元與狀元不同。西瓜大王不能與鋼鐵大王比，餛飩大王也不能和煤油大王比。

每一行都有它的艱難困苦，其發展的路常是坎坷多舛的。投身到任何一個行當，只好埋頭苦幹。有人只看見和尚吃饅頭，沒看見和尚受戒，遂生羨慕別人之心，以為自己這一行只有苦沒有樂，不但自己唉聲歎氣，恨自己選錯了行，還會諄諄告誡他的子弟千萬別再做這一行。這叫做「吃一

行，恨一行」。

造出「吃一行，恨一行」這句話的人，其用心可能是勸勉大家安分守己，但是這句話也道出了無數人的無可奈何的心情。其實幹一行應該愛一行才對。因為沒有一行沒有樂趣，至少一件工作之完滿地完成便是無上樂趣。很多知道敬業的人不但自己滿足於他的行當，而且教導他的子弟步武[12]他的蹤跡，被人稱為「克紹箕裘[13]」，其間沒有絲毫恨意。

八　子不嫌母醜，狗不嫌家貧

狗是很聰明的動物，但不太聰明。乞丐拄着一根杖，提着一個缽，沿門求乞，一條瘦狗寸步不離地跟隨着他。得到一些殘餚剩炙，人與狗分而食之。但是狗不會離開他，不會看到較好的去處便去趨就，所以說狗不算太聰明，雖然牠有那麼一份義氣。

在兒女的眼光裏，母親應該是最美、最可愛、最可信賴、最該受感激的一個人。人有醜的，母親沒有醜的。母親可以老，但不會醜。從前有一首很流行的兒歌《烏鴉歌》，記得歌詞是這樣的：「烏鴉烏鴉對我叫，烏鴉真真孝。烏鴉老了不能飛，對着小鴉啼。小鴉朝朝打食歸，打食歸來先餵母。『母親從前餵過我！』」這是藉烏鴉反哺來勸孝的歌，但是最後一句「母親從前餵過我」實在非常動人，沒有失

---

⑫　步武，跟着別人的腳步走。古代以六尺為步，半步為武。

⑬　克紹箕裘，比喻能繼承父祖的事業。克，能夠；紹，繼承；箕，揚米去糠的畚箕之類的東西；裘，冶鐵用來鼓氣的風裘。

去人性的人回想起「母親從前餵過我」，再聽了這句歌詞，恐怕沒有不心酸的。每個人大概都會為了他的母親而感覺驕傲，誰會嫌他的母親醜？

「狗不嫌家貧，子不嫌母醜」，話沒有錯。不過嫌貧愛富恐怕是人之常情，不嫌家貧這份美譽恐怕要讓狗來獨享下去。子嫌母醜的例子也不是沒有。我就知道有兩個例子，無獨有偶。有兩位受過所謂「高等教育」的人，家裏延見賓客，照例有兩位衣服破敝的老婦捧茶出來，主人不予介紹，客人也就安然受之，以為那個老嫗必是傭婦。久之才從側面打聽出來那老嫗乃主人之生母。主人嫌其老醜，有失體面，認為見不得人，使之奉茶，廢物利用而已。

狗不嫌家貧，並未言過其實。子不嫌母醜，對越來越多的人有變為謬論的可能。

我的一位國文老師

導讀

　　幼時的良師會對一個人的一生形成特別好的促進作用。我們看大作家的作品，常常遇到他們回憶老師的文字。如魯迅的《藤野先生》、《從百草園到三味書屋》中對藤野先生、壽鏡吾兩位良師充滿了敬佩和感激。

　　梁實秋在這篇文章中，深情地回憶了他的國文老師徐鏡澄先生。徐老師長相「滑稽」，不修邊幅，而且脾氣很不好，經常發怒、罵人。但是他卻非常開通，在新文化運動之初就能對古文、白話文兼收並蓄，文言白話兼教，提高了作者對於國文的興趣。徐老師有深厚的語言文字功底，尤其獨到的是批改作文。他「用大墨槟子大勾大抹，一行一行地抹，整頁整頁地勾；洋洋千餘言的文章，經他勾抹之後，所餘無幾了。」但經他手改後的文章確實高明很多。他追求「樸拙而有力」的文章風格，主張不要用過多的虛字，起筆要突兀矯健，說理到難分難解處要用譬喻，這些都是中國傳統文章學的精粹。徐鏡澄的這些指導，在幾十年後梁實秋仍然記得清清楚楚。梁實秋之所以能夠成為著名作家，大概跟徐鏡澄對他文章寫作的精心指導有一定關係。

　　本文給人印象極為深刻的是對徐鏡澄外貌舉止的描寫，看似粗俗鄙陋，但胸中自有韜略，充滿風骨和俠氣，宛然一位從《聊齋志異》、《儒林外史》等小説中走出來的神異人物。

我在十八九歲的時候，遇見一位國文先生，他給我的印象最深，使我受益也最多，我至今不能忘記他。

　　先生姓徐，名鏡澄，我們給他取的綽號是「徐老虎」，因為他兇。他的相貌很古怪，他的腦袋的輪廓是有稜有角的，很容易成為漫畫的對象。頭很尖，禿禿的，亮亮的，臉形卻是方方的，扁扁的，有些像《聊齋志異》繪圖中的夜叉的模樣。他的鼻子、眼睛、嘴好像是過分地集中在臉上很小的一塊區域裏。他戴一副墨晶眼鏡，銀絲小鏡框，這兩塊黑色便成了他臉上最顯著的特徵。我常給他漫畫，勾一個輪廓，中間點上兩塊橢圓形的黑塊，便惟妙惟肖。他的身材高大，但是兩肩總是聳得高高，鼻尖有一些紅，像酒糟的，鼻孔裏常常地藏着兩筒清水鼻涕，不時地吸溜着，說一兩句話就要用力地吸溜一聲，有板有眼有節奏，也有時忘了吸溜，走了板眼，上脣上便亮晶晶地吊出兩根玉箸，他用手背一抹。他常穿的是一件灰布長袍，好像是在給誰穿孝，袍子在整潔的階段時我沒有趕得上看見，余生也晚，我看見那袍子的時候即已油漬斑爛。他經常是仰着頭，邁着八字步，兩眼望青天，嘴撇得瓢兒似的。我很難得看見他笑，如果笑起來，是獰笑，樣子更兇。

　　我的學校很特殊的。上午的課全是用英語講授，下午的課全是國語講授。上午的課很嚴，三日一問，五日一考，不用功便要被淘汰，下午的課稀鬆，成績與畢業無關。所以每到下午上國文之類的課程，學生們便不踴躍，課堂上常是稀稀拉拉的不大上座，但教員用拿毛筆的姿勢舉着鉛筆點名的時候，學生卻個個都到了，因為一個學生不只答一聲到。真

到了的學生，一部分從事午睡，微發鼾聲，一部分看小說如《官場現形記》①、《玉梨魂》②之類，一部分寫「父母親大人膝下」式的家書，一部分乾脆瞪着大眼發呆，神遊八表③。有時候逗先生開頑笑④。國文先生呢，大部分都是年高有德的，不是榜眼，就是探花，再不就是舉人。他們授課也不過是奉行故事，樂得敷敷衍衍。在這種糟糕的情形之下，徐老先生之所以兇，老是繃着臉，老是開口就罵人，我想大概是由於正當防衛吧。

有一天，先生大概是多喝了兩盅，搖搖擺擺地進了課堂。這一堂是作文，他老先生拿起粉筆在黑板上寫了兩個字，題目尚未寫完，當然照例要吸溜一下鼻涕，就在這吸溜之際，一位性急的同學發問了：「這題目怎樣講呀？」老先生轉過身來，冷笑兩聲，勃然大怒：「題目還沒有寫完，寫完了當然還要講，沒寫完你為甚麼就要問？……」滔滔不絕地吼叫起來，大家都為之愕然。這時候我可按捺不住了。我一向是個上午搗亂下午安分的學生，我覺得現在受了無理的侮辱，我便挺身分辯了幾句。這一下我可惹了禍，老先生把他的怒火都潑在我的頭上了。他在講台上來回踱着，吸溜一下鼻涕，罵我一句，足足罵了我一個鐘頭，其中警句甚

---

① 《官場現形記》，晚清譴責小說家李伯元（1867—1906）創作的一部小說。

② 《玉梨魂》，民國時期徐枕亞（1889—1937）創作的一部言情小說。

③ 八表，又稱八荒，指極遠的地方。

④ 頑笑，同「玩笑」。

多，我至今還記得這樣的一句：

「×××！你是甚麼東西？我一眼把你望到底！」

這一句頗為同學們所傳誦。誰和我有點爭論遇到糾纏不清的時候，都會引用這一句「你是甚麼東西？我把你一眼望到底！」當時我看形勢不妙，也就沒有再多說，讓下課鈴結束了先生的怒罵。

但是從這一次起，徐先生算是認識我了。酒醒之後，他給我批改作文特別詳盡。批改之不足，還特別地當面加以解釋，我這一個「一眼望到底」的學生，居然成為一個受益最多的學生了。

徐先生自己選輯教材，有古文，有白話，油印分發給大家。《林琴南致蔡子民書》⑤是他講得最為眉飛色舞的一篇。此外如吳敬恆⑥的《上下古今談》、梁啟超的《歐遊心影錄》以及張東蓀⑦的《時事新報》社論，他也選了不少。這樣新舊兼收的教材，在當時還是很難得的開通的榜樣。我對於國文的興趣因此而提高了不少。徐先生講國文之前，先要介紹作者，而且介紹得很親切，例如他講張東蓀的文字時，便說：「張東蓀這個人，我倒和他一桌吃過飯。……」這樣的話是

----

⑤ 《林琴南致蔡子民書》，新文化運動時期，古文家林紓（1852—1924，字琴南）寫給當時新文化運動領袖、北大校長蔡元培（1868—1940，字子民）的一封信，反映了白話文與文言文之爭。

⑥ 吳敬恆（1865—1953），字稚暉，近現代著名的政治家、教育家，中國近現代青年赴法留學的發起人。

⑦ 張東蓀（1886—1973），中國現代哲學家、政論家。

相當地可以使學生們吃驚的，吃驚的是，我們的國文先生也許不是一個平凡的人吧，否則怎樣會能夠和張東蓀一桌上吃過飯！

徐先生於介紹作者之後，朗誦全文一遍。這一遍朗誦可很有意思。他打着江北的官腔，咬牙切齒地大聲讀一遍，不論是古文或白話，一字不苟地吟詠一番，好像是演員在背台詞，他把文字裏的蘊藏着的意義好像都給宣洩出來了。他唸得有腔有調，有板有眼，有情感，有氣勢，有抑揚頓挫，我們聽了之後，好像是已經理會到原文的意義的一半了。好文章擲地作金石聲，那也許是過分誇張，但必須可以朗朗上口，那卻是真的。

徐先生之最獨到的地方是改作文。普通的批語「清通」、「尚可」、「氣盛言宜」，他是不用的。他最擅長的是用大墨槓子大勾大抹，一行一行地抹，整頁整頁地勾；洋洋千餘言的文章，經他勾抹之後，所餘無幾了。我初次經此打擊，很灰心，很覺得氣短，我掏心挖肝地好容易謅出來的句子，輕輕地被他幾槓子就給抹了。但是他鄭重地給我解釋一會兒，他說：「你拿了去細細地體味，你的原文是軟爬爬的，冗長，懈啦光唧的，我給你勾掉了一大半，你再讀讀看，原來的意思並沒有失，但是筆筆都立起來了，虎虎有生氣了。」我仔細一揣摩，果然。他的大墨槓子打得是地方，把虛泡囊腫的地方全削去了，剩下的全是筋骨。在這刪削之間見出他的工夫。如果我以後寫文章還能不多說廢話，還能有一點點硬朗挺拔之氣，還知道一點「割愛」的道理，就不能不歸功於我這位老師的教誨。

徐先生教我許多作文的技巧。他告訴我：「作文忌用過多的虛字。」該轉的地方，硬轉；該接的地方，硬接。文章便顯着樸拙而有力。他告訴我，文章的起筆最難，要突兀矯健，要開門見山，要一針見血，才能引人入勝，不必兜圈子，不必說套語。他又告訴我，說理說至難解難分處，來一個譬喻，則一切糾纏不清的論難都迎刃而解了，何等經濟，何等手腕！諸如此類的心得，他傳授我不少，我至今受用。

　　我離開先生已將近五十年了，未曾與先生一通音訊，不知他雲遊何處，聽說他已早歸道山[8]了。同學們偶爾還談起「徐老虎」，我於回憶他的音容之餘，不禁地還懷着悵惘敬慕之意。

⑧　歸道山，死亡的意思。道山，傳說中的仙山。

北平年景

▎導讀

　　北平即北京，1927 年國民政府定都南京後，改北京為北平，直到 1949 年中華人民共和國以北京為首都，才又改了回來。梁實秋出生於北京，青年時出國留學，抗戰時撤退重慶，1949 年後長期在台灣、美國等地居住。梁實秋雖長期不在北京，但總是對北京充滿了眷戀和不捨。離開北京後，臨近過年時，梁實秋感覺到「羈旅淒涼，到了年下只有長吁短歎的份兒，還能有半點歡樂的心情？」於是回憶起北京舊時過年的情景，各種各樣的年貨，幾天吃不完的年菜，「上供，拈香，點燭，磕頭」等祭祖活動，吃餃子，給壓歲錢，貼年畫，玩牌九，放花炮……過年可以説是人們最歡樂的時節。

　　北平過年最有特色的是廟會，「廠甸擠得水泄不通，海王村裏除了幾個露天茶座坐着幾個直流鼻涕的小孩之外並沒有甚麼可看，但是入門處能擠死人！火神廟裏的古玩玉器攤，土地祠裏的書攤畫棚，看熱鬧的多，買東西的少。趕着天晴雪霽，滿街泥濘，涼風一吹，又滴水成冰，人們在冰雪中打滾，甘之如飴。」北京過年時的廟會非常有名，很多作家都進行過描寫，梁實秋的文字親切深情，每一句都包含著作者對故鄉温馨的思念。正如冰心評價他説：「他是北京人，文章裏總是充滿着眷戀古老北京的衣、食、住……一切。」

過年須要在家鄉裏才有味道，羈旅淒涼，到了年下只有長吁短歎的份兒，還能有半點歡樂的心情？而所謂家，至少要有老小二代，若是上無雙親，下無兒女，只剩下伉儷一對，大眼瞪小眼，相敬如賓，還能製造甚麼過年的氣氛？北平遠在天邊，徒縈夢想，童時過年風景，尚可回憶一二。

　　祭灶過後，年關在邇。家家忙着把錫香爐、錫蠟扦、錫果盤、錫茶托，從蛛網塵封的箱子裏取出來，做一年一度的大擦洗。宮燈、紗燈、牛角燈，一齊出籠。年貨也是要及早備辦的，這包括廚房裏用的乾貨，拜神祭祖用的蘋果、乾果等等，屋裏供養的牡丹水仙，孩子們吃的粗細雜拌兒。蜜供是早就在白雲觀訂製好了的，到時候用紙糊的大筐簍一碗一碗地裝着送上門來。家中大小，出出進進，如中風魔。主婦當然更有額外負擔，要給大家製備新衣、新鞋、新襪，儘管是布鞋、布襪、布大衫，總要上下一新。

　　祭祖先是過年的高潮之一。祖先的影像懸掛在廳堂之上，都是七老八十的，有的撇嘴微笑，有的金剛怒目，在香煙繚繞之中，享用祭品，這時節孝子賢孫叩頭如搗蒜，其實亦不知所為何來，慎終追遠①的意思不能說沒有，不過大家忙的是上供，拈香，點燭，磕頭，緊接着是撤供，圍着吃年夜飯，來不及慎終追遠。

　　吃是過年的主要節目。年菜是標準化了的，家家一律。人口旺的人家要進全豬，連下水帶豬頭，分別處理下嚥。一

---

①　慎終追遠，慎重地辦理父母的喪事，虔誠地祭祀遠代祖先。

鍋燉肉，加上蘑菇是一碗，加上粉絲又是一碗，加上山藥又是一碗，大盆的芥末墩兒，魚凍兒，肉皮辣醬，成缸的醃大白菜，芥菜疙瘩，──管夠，初一不動刀，初五以前不開市，年菜非囤集不可，結果是年菜等於剩菜，吃倒了胃口而後已。

「好吃不過餃子，舒服不過倒着」，這是鄉下人說的話，北平人稱餃子為「煮餑餑」。城裏人也把煮餑餑當做好東西，除了除夕宵夜不可少的一頓之外，從初一至少到初三，頓頓煮餑餑，直把人吃得頭昏腦脹。這種疲勞填充的方法頗有道理，可以使你長期地不敢再對煮餑餑妄動食指，直等到你淡忘之後明年再說。除夕宵夜的那一頓，還有考究，其中一隻要放進一塊銀幣，誰吃到那一隻主交好運。家裏有老祖母的，年年是她老人家幸運地一口咬到。誰都知道其中做了手腳，誰都心裏有數。

孩子們須要循規蹈矩，否則便成了野孩子，惟有到了過年時節可以沐恩解禁，任意地作孩子狀。除夕之夜，院裏灑滿了芝麻秸兒，孩子們踐踏得咯吱咯吱響，是為「踩歲」。鬧得精疲力竭，睡前給大人請安，是為「辭歲」。大人摸出點甚麼做為賞齎，是為「壓歲」。

新正是一年復始，不准說喪氣話，見面要道一聲「新禧」。房樑上有「對我生財」的橫披，柱子上有「一入新春萬事如意」的直條，天棚上有「紫氣東來」的斗方，大門上有「國恩家慶人壽年豐」的對聯。牆上本來不大乾淨的，還可以貼上幾張年畫，甚麼「招財進寶」，「肥豬拱門」，都可以收補壁之效。自己心中想要獲得的，寫出來畫出來貼在牆

上，俯仰之間彷彿如意算盤業已實現了！

好好的人家沒有賭博的。打麻將應該到八大胡同[2]去，在那裏有上好的骨牌，硬木的牌桌，還有佳麗環列。但是過年則幾乎家家開賭，推牌九、狀元紅、呼么喝六，老少咸宜。賭禁的開放可以延長到元宵，這是惟一的家庭娛樂。孩子們玩花炮是沒有膩的。九隆齋的大花盆，七層的九層的，花樣翻新，直把孩子看得瞪眼咋舌。沖天炮、二踢腳、太平花、飛天七響、炮打襄陽，還有我們自以為值得驕傲的、可與火箭媲美的「旗火」，從除夕到天亮徹夜不絕。

街上除了油鹽店門上留個小窟窿外，商店都上板，裏面常是鑼鼓齊鳴，狂擂亂敲，無板無眼，據說是夥計們在那裏發泄積攢一年的怨氣。大姑娘小媳婦擦脂抹粉地全出動了，三河縣的老媽兒都在頭上插一朵顫巍巍的紅絨花。凡是有大姑娘小媳婦出動的地方，就有更多的毛頭小夥子亂鑽亂擠。於是廠甸擠得水泄不通，海王村裏除了幾個露天茶座坐着幾個直流鼻涕的小孩之外並沒有甚麼可看，但是入門處能擠死人！火神廟裏的古玩玉器攤，土地祠裏的書攤畫棚，看熱鬧的多，買東西的少。趕着天晴雪霽，滿街泥濘，涼風一吹，又滴水成冰，人們在冰雪中打滾，甘之如飴。「喝豆汁兒，就鹹菜兒，琉璃喇叭大沙雁兒」，對於大家還是有足夠的誘惑。此外如財神廟、白雲觀、雍和宮，都是人擠人，人看人

---

② 八大胡同，老北京花街柳巷即「紅燈區」的代名詞，位於前門外大柵欄觀音寺街以西。

的局面，去一趟把鼻子耳朵凍得通紅。

　　新年狂歡拖到十五。但是我記得有一年提前結束了幾天，那便是「民國元年」，陰曆的正月十二日，在普天同慶聲中，袁世凱嗾使 ③ 北軍第三鎮曹錕駐祿米倉部隊譁變，掠劫平津商民兩天。這開國後第一個驚人的年景，使我到如今不能忘懷。

---

③　嗾（sǒu）使，教唆指使。

窗外

　　「白屋」應是作者一處位於郊外的別墅，這裏視野開闊，風景宜人。作者從「白屋」的窗外，看到「清晨有兩個頭髮斑白的老者繞着操場跑步」，以及陪着他們的大黑狗；「天氣晴和的時候常有十八九歲的大姑娘穿着斜紋布藍工褲，光着腳在路邊走，白皙的兩隻腳光光溜溜的，腳底板踩得髒兮兮」。清理垃圾的「彪形黑大漢」，每天準時候車吃便當的工人，北邊荒草地上的貓羣……這些活動着的人和動物，襯托出環境的清幽。「窗外太空曠了，有時候零雨濛濛，竟不見雨腳，不聞雨聲，只見有人撐着傘，坡路上的水流成了渠。」通過這樣的描寫，我們可以想見，成天站在窗前四處張望着的年邁的作者，心頭流露着難以排遣的、濃厚的寂寞和憂愁。文章最後引王粲的《登樓賦》，點出本文的主旨：「臨楮淒愴，吾懷吾土」。

　　梁實秋晚年漂泊異地，隨着年齡的增長，他對故土的思念越來越深。他想念北京的年景，想念北京的豆汁兒。王粲的《登樓賦》，正是對自己心境的最準確的寫照。當在大陸的老朋友都期待着他回來看看，他也決定要回北京時，卻突然去世了。正如冰心無比惋惜地感歎：「最使我難過的，就是他竟然會在決定回來看看的前一天突然去世，這真是太使人遺憾了！」

　　窗子就是一個畫框，只是中間加些櫺子，從窗子望出去，就可以看見一幅圖畫。那幅圖畫是妍是媸，是雅是俗，是鬧是靜，那就只好隨緣。我今寄居海外，棲身於「白屋」樓上一角，臨窗設几，作息於是，沉思於是，只有在抬頭見窗的時候看到一幅幅的西洋景。現在寫出窗外所見，大概是近似北平天橋之大金牙的拉大片[①]吧？

　　「白屋」是地地道道的一座刷了白顏色油漆的房屋，既沒有白茅覆蓋，也沒有外露木材，說起來好像是《韓詩外傳》[②]裏所謂的「窮巷白屋」，其實只是一座方方正正的見稜見角的美國初期形式的建築物。我拉開窗簾，首先看見的是一塊好大好大的天。天為蓋，地為輿[③]，誰沒看見過天？但是，不，以前住在人煙稠密天下第一的都市裏，我看見的天僅是小小的一塊，像是坐井觀天，迎面是樓，左面是樓，右面是樓，後面還是樓，樓上不是水塔，就是天線，再不然就是五色繽紛的曬洗衣裳。井底蛙所見的天只有那麼一點點。「白屋」地勢荒僻，眼前沒有遮擋，尤其是東邊隔街是一個小學操場，綠草如茵，偶然有些孩子在那裏蹦蹦跳跳；北邊是一大塊空地，長滿了荒草，前些天還綻出一片星星點點的黃花，這些天都枯黃了，枯草裏有幾株參天的大樹，有樅有

---

①　拉大片，中國的一種傳統民間藝術。在裝有凸透鏡的木箱中掛着各種畫片，表演者一面說唱畫片的內容，一邊拉動畫片。也叫洋片。

②　《韓詩外傳》，西漢時韓嬰所著，由趣聞軼事、道德說教、倫理規範以及實際忠告等不同內容雜編而來。

③　輿，車。

楓，都直挺挺地穩穩地矗立着；南邊隔街有兩家鄰居；西邊也有一家。有一天午後，小雨方住，驀然看見天空一道彩虹，是一百八十度完完整整的清清楚楚的一條彩帶，所謂虹飲江臯^④，大概就是這個樣子。虹銷雨霽的景致，不知看過多少次，卻沒看過這樣規模壯闊的虹。窗外太空曠了，有時候零雨溱溱，竟不見雨腳，不聞雨聲，只見有人撐着傘，坡路上的水流成了渠。

路上的汽車往來如梭，而行人絕少。清晨有兩個頭髮斑白的老者繞着操場跑步，跑得氣咻咻的，不跑完幾個圈不止，其中有一個還有一條大黑狗做伴。黑狗除了運動健身之外，當然不會輕易放過一根電線杆子而不留下一點記號，更不會不選一塊芳草鮮美的地方施上一點肥料。天氣晴和的時候，常有十八九歲的大姑娘穿着斜紋布藍工褲，光着腳在路邊走，白皙的兩隻腳光光溜溜的，腳底板踩得髒兮兮，路上萬一有個圖釘或玻璃碴之類的東西，不知如何是好？日本的武者小路實篤^⑤曾經說起：「傳有久米仙人者，因逃情，入山苦修成道。一日騰雲遊經某地，見一浣紗女，足脛甚白，目眩神馳，凡念頓生，飄忽之間已自雲頭跌下。」（見周夢蝶^⑥詩《無題》附記）我不會從窗頭跌下，因為我沒有目眩神馳。我只是想：裸足走路也算是年輕一代之反傳統反文明

④　虹飲江臯（gāo），古人以為虹是有生命的怪物，這裏指虹在江邊高地上喝水。臯，水邊高地。

⑤　武者小路實篤（1885—1976），日本小說家、劇作家。

⑥　周夢蝶（1920—2014），生於河南、長居台灣的詩人及文學家。

的表現之一，以後恐怕還許有人要手腳着地爬着走，或索性倒豎蜻蜓用兩隻手走路，豈不更為徹底更為前進？至於長頭髮大鬍子的男子，現在已經到處皆是，甚至我們中國人也有沾染這種習氣的（包括一些學生與餐館侍者），習俗移人，一至於此！

　　星期四早晨清除垃圾，也算是一景。這地方清除垃圾的工作不由官辦，而是民營。各家的垃圾貯藏在幾個鉛鐵桶裏，上面有蓋，到了這一天則自動送到門前待取。垃圾車來，並沒有八音琴樂，也沒有叱吒吆喝之聲，只聞稀裏嘩啦的鐵桶響。車上一共兩個人，一律是彪形黑大漢，一個人搬鐵桶往車裏攌，另一個司機也不閒着，車一停他也下來幫着搬，而且兩個人都用跑步，一點也不從容。垃圾攌進車裏，機關開動，立即壓絞成為碎碴，要想從垃圾裏檢出甚麼瓶瓶罐罐的分門別類地放在竹籃裏掛在車廂上，殆無可能。每家月納清潔費二元七角錢，包商叫苦，要求各家把鐵桶送到路邊，節省一些勞力，否則要加價一元。

　　公共汽車的一個招呼站就在我的窗外。車裏沒有車掌[7]，當然也就沒有晚娘面孔。所有開門，關門，收錢，摯給轉站票，全由司機一人兼理。幸虧坐車的人不多，司機還有閒情逸致和乘客說聲早安。二十分鐘左右過一班車，當然是虧本生意，但是貼本也要維持。每一班車都是疏疏落落的三五個客人，淒淒清清慘慘，許多乘客是老年人，目視昏花，手

腳失靈，耳聽聾瞶，反應遲緩，公共汽車是他們惟一交通工具。也有按時上班的年輕人搭乘，大概是怕城裏沒處停放汽車。有一位工人模樣的候車人，經常準時在我窗下出現，從容打開食盒，取出熱水瓶，喝一杯咖啡，然後登車而去。

　　我沒有看見過一隻過街鼠，更沒看見過老鼠肝腦塗地地陳屍街心。狸貓多得很，幾乎個個是肥頭胖腦的，毛也澤潤。貓有貓食，成瓶成罐地在超級食場的貨架上擺着。貓刷子，貓衣服，貓項鍊，貓清潔劑，百貨店裏都有。我幾乎每天看見黑貓白貓在北邊荒草地裏時而追逐，時而親昵，時而打滾。最有趣的是松鼠，弓着身子一躥一躥地到處亂跑，一聽到車響，倉猝地爬上楸枝。窗下放着一盤鳥食、黍米之類，麻雀羣來果腹，紅襟鳥則望望然去之，牠茹葷，牠要吃死的蛞蝓⑧、活的蚯蚓。

　　窗外所見的約略如是。王粲登樓，一則曰：「雖信美而非吾土兮，曾何足以少留！」再則曰：「昔尼父之在陳兮，有歸歟之歎音。鍾儀幽而楚奏兮，莊舄顯而越吟。人情同於懷土兮，豈窮達而異心？」⑨臨楮淒愴，吾懷吾土。

　　⑧　蛞蝓（kuò yú），無殼軟體動物，吃蔬菜或瓜果的葉子，對農作物有害，亦稱蜒蚰，俗稱鼻涕蟲。

　　⑨　王粲（177—217），東漢末年著名文學家，「建安七子」之一。兩段引文皆出自其《登樓賦》。「王粲登樓」也代指思鄉之情。

名家散文必讀系列‧梁實秋

194

談 時 間

◗ 導讀

　　時間，是人類面對的永恆主題。從古自今，感慨歲月流逝、人生易老的文字，可謂數不勝數。《論語‧子罕》篇有：「子在川上曰：逝者如斯夫！不舍晝夜。」這是對時間的最好感慨。孔子這麼偉大的人，對於時間的流逝也只能徒然感歎，正如本文所說：「時光不斷地在流轉，任誰也不能攀住它停留片刻。」面對這個問題，不同的人是如何看待的呢？哲學家要求皇帝「走開一點，不要遮住我的陽光」，被約翰遜博士體悟為時間寶貴，不能讓它被任何人奪去；小孩子貪玩，趁老師不在，「把時針往前撥快半個鐘頭，以便提早放學」，還不懂得珍惜時間；普通人在有限的時間裏「熙熙攘攘」，追逐名利；隱士遁跡山林，享受那清風明月，「『以天地為一朝，萬期為須臾』，根本不發生甚麼時間問題。」不同人對時間的不同把握方式，在梁實秋看來都是合理的，「我們是以心為形役呢？還是立德立功立言以求不朽呢？還是參究生死直超三界呢？大主意需要自己拿」。

　　同時代作家陳紀瀅在評價梁實秋散文時說：「凡他所寫的無不有內容，妙趣橫生。如非書讀得多，以及陶冶之深，絕對寫不出那麼富有幽默感及耐人尋味的文章。」本篇作品正是這樣，在眾多寫時間的文章中脫穎而出，反映了梁實秋高超的創作水準。

希臘哲學家 Diogenes [1] 經常睡在一隻瓦缸裏，有一天亞力山大 [2] 皇帝走去看他，以皇帝的慣用的口吻問他：「你對我有甚麼請求嗎？」這位玩世不恭的哲人翻了翻白眼，答道：「我請求你走開一點，不要遮住我的陽光。」

這個家喻戶曉的小故事，究竟涵義何在，恐怕見仁見智，各有不同的看法。我們通常總是覺得那位哲人視尊榮猶敝屣，富貴如浮雲，雖然皇帝駕到，殊無異於等閒之輩，不但對他無所希冀，而且亦不必特別地假以顏色。可是約翰遜博士另有一種看法，他認為應該注意的是那陽光，陽光不是皇帝所能賜予的，所以請求他不要把他所不能賜予的奪了去。這個請求不能算奢，卻是用意深刻。因此約翰遜博士由「光陰」悟到「時間」，時間也者雖然也是極為寶貴，而也是常常被人劫奪的。

「人生不滿百」，大致是不錯的。當然，老而不死的人，不是沒有，不過期頤 [3] 以上不是一般人所敢想望的。數十寒暑當中，睡眠去了很大一部分。蘇東坡所謂「睡眠去其半」，稍嫌有點誇張，大約三分之一左右總是有的。童蒙一段時期，說它是天真未鑿也好，說它是昏昧無知也好，反正是渾渾噩噩，不知不覺；及至壽登耄耋，老悖聾瞑，甚至

---

① Diogenes，現通譯第歐根尼（約前 404—前 323），古希臘哲學家，「犬儒主義」的代表。

② 亞力山大，現通譯亞歷山大（前 356—前 323），古代馬其頓國王、亞歷山大帝國皇帝，世界古代史上最著名的軍事家和政治家之一。

③ 期頤，指人一百歲。

「佳麗當前，未能繾綣」，比死人多一口氣，也沒有多少生趣可言。掐頭去尾，人生所餘無幾。就是這短暫的一生，時間亦不見得能由我們自己支配。約翰遜博士所抱怨的那些不速之客，動輒登門拜訪，不管你正在怎樣忙碌，他覺得賓至如歸，這種情形固然令人啼笑皆非，我覺得究竟不能算是怎樣嚴重的「時間之賊」。他只是在我們的有限的資本上抽取一點捐稅而已。我們的時間之大宗的消耗，怕還是要由我們自己負責。

有人說：「時間即生命。」也有人說：「時間即金錢。」二說均是，因為有人根本認為金錢即生命。不過細想一下，有命斯有財，命之不存，財於何有？要錢不要命者，固然實繁有徒，但是捨財不捨命，仍然是較聰明的辦法。所以《淮南子》說：「聖人不貴尺之璧而重寸之陰，時難得而易失也。」我們幼時，誰沒有作過「惜陰說」之類的課藝？可是誰又能趁早體會到時間之「難得而易失」？我小的時候，家裏請了一位教師，書房桌上有一座鐘，我和我的姊姊常乘教師不注意的時候把時針往前撥快半個鐘頭，以便提早放學，後來被老師覺察了，他用朱筆在窗戶紙上的太陽陰影劃一痕記，作為放學的時刻，這才息了逃學的念頭。

時光不斷地在流轉，任誰也不能攀住它停留片刻。「逝者如斯夫，不舍晝夜！」我們每天撕一張日曆，日曆越來越薄，快要撕完的時候便不免瞿然以驚，驚的是又臨歲晚，假使我們把幾十冊日曆裝為合訂本，那便象徵我們的全部的生命，我們一頁一頁地往下扯，該是甚麼樣的滋味呢？「冬天一到，春天還會遠嗎？」可是你一共能看見幾次冬盡春來呢？

不可挽住的就讓它去罷！問題在，我們所能掌握的尚未逝去的時間，如何去打發它。梁任公先生最惡聞「消遣」二字，只有活得不耐煩的人才忍心地去「殺時間」。他認為一個人要做的事太多，時間根本不夠用，哪裏還有時間可供消遣？不過打發時間的方法，亦人各不同，士各有志。乾隆皇帝下江南，看見運河上舟楫往來，熙熙攘攘，顧問左右：「他們都在忙些甚麼？」和珅侍衞在側，脫口而出：「無非名利二字。」這答案相當正確，我們不可以人廢言。不過三代以下惟恐其不好名，大概名利二字當中還是利的成分大些。「人為財死，鳥為食亡。」時間即金錢之說仍屬不誣。詩人渥資華斯[4]有句：

塵世耗用我們的時間太多了，夙興夜寐，
賺錢揮霍，把我們的精力都浪費掉了。

所以有人寧可遁跡山林，享受那清風明月，「侶魚蝦而友麋鹿」[5]，過那高蹈隱逸的生活。詩人濟慈[6]寧願長時間地守着一株花，看那花苞徐徐展瓣，以為那是人間至樂。嵇康在大樹底下揚槌打鐵，「濁酒一杯，彈琴一曲」；劉伶「止

---

[4] 渥資華斯，現通譯華茲華斯（1770—1850），英國浪漫主義詩人。

[5] 典出蘇軾（1037—1101）《前赤壁賦》，意即與魚蝦、麋鹿為友，形容過着隱居的生活。

[6] 濟慈（1795—1821），英國浪漫主義詩人。

則操卮執觚，動則挈榼提壺」[7]，一生中無思無慮其樂陶陶。
這又是一種頗不尋常的方式。最徹底的超然的例子是《傳
燈錄》[8]記載的：「南泉和尚問陸亙日：『大夫十二時中作麼
生？』陸云：『寸絲不掛！』」寸絲不掛即是了無掛礙之
謂，「本來無一物，何處惹塵埃？」這境界高超極了，可以
說是「以天地為一朝，萬期為須臾」，根本不發生甚麼時間
問題。

　　人，誠如波斯詩人莪謨伽耶瑪[9]說，來不知從何處來，
去不知向何處去，來時並非本願，去時亦未徵得同意，糊裏
糊塗地在世間逗留一段時間。在此期間內，我們是以心為形
役呢？還是立德立功立言以求不朽呢？還是參究生死直超三
界呢？這大主意需要自己拿。

---

[7]　典出劉伶《酒德頌》，形容時時刻刻都在喝酒。

[8]　《傳燈錄》，成書於宋代，是記載禪宗歷代傳法機緣之著作。

[9]　莪諾伽耶瑪（約 1048—1123），又譯奧瑪‧開儼、莪默‧伽亞謨
　　等，波斯大詩人、數學家和天文家，有著名四行詩集《魯拜集》。

責任編輯　楊紫東
封面設計　高　林
版式設計　鄧佩儀
排　版　陳美連
印　務　劉漢舉

名 家 散 文 必 讀 系 列

梁實秋

作者　梁實秋

導讀　李　斌

出版｜中華教育

香港北角英皇道 499 號北角工業大廈 1 樓 B 室

電話：（852）2137 2338　傳真：（852）2713 8202

電子郵件：info@chunghwabook.com.hk

網址：http://www.chunghwabook.com.hk

發行｜香港聯合書刊物流有限公司

香港新界荃灣德士古道 220-248 號 荃灣工業中心 16 樓

電話：（852）2150 2100　傳真：（852）2407 3062

電子郵件：info@suplogistics.com.hk

印刷｜美雅印刷製本有限公司

香港觀塘榮業街 6 號海濱工業大廈 4 樓 A 室

版次｜2023 年 12 月第 1 版第 1 次印刷

©2023 中華教育

規格｜32 開（195mm x 140mm）

ISBN｜978-988-8860-94-4